巴國神曲　上冊

諾源　著

巴│山│的│歌│者

　　鄂西南的大山為秦嶺與大巴山的會合之處，生活在當
地的人都願意稱自己為巴人的後代，相傳土家族的先民也
是由此而來。下里巴人一詞緣於此地，語出戰國‧宋玉
《對楚王問》：「客有歌於郢中者，其始曰《下里》《巴人》，
國中屬而和者數千人。」讓巴山人驕傲的是，他們的祖先
顯然早在春秋戰國之前，就有了傳唱而和者甚眾的歌謠。
這一帶一直被稱為「歌舞之鄉」，世居者能歌善舞，有許
多鄉間奇人如劉三姐一樣會唱無數的歌，山歌好比春江
水，巴山雲，怎麼也唱不完；還有的會講故事、猜謎語，
一鄉一村皆如此，二十世紀「三民集成」之時，即蒐集民
間故事、民間歌謠、民間諺語，讓北京及武漢來的專家們
喜不自勝，將這些地方稱作故事村、謎語村，而那些民間
的歌者則成了專家心目中的民間大師。

　　我在鄂西曾生活多年，每每眼前或耳邊掠過「巴山」
「三峽」「清江」等地名時，就會有一種特別的親切從心底
升起。不時會有一些朋友從那些地方來，我們一同回望故
鄉，在這北方的城市裡，喝一杯清茶，卻是從巴山的雲霧
之中採摘而來的，於是覺得，相隔並不遙遠。就是在這種
情形下，讀到了諾源的《巴國神曲》。

　　這是一部長詩，諾源試圖為土家族書寫一部史詩，進
而言之，是一部浪漫主義的抒情敘事史詩。在他的《巴國

神曲》裡，包含「遠古之來兮」「開疆之國兮」「舞動之靈兮」三部曲，共計三百六十詩章、五千多行。用他自己創作的思考來說，其詩體全部採用西方商籟體，也就是十四行詩的形式。他非常喜歡莎士比亞詩歌的風格，除了優美的抒情，高雅的詩性和思想的凝練之外，還特別推崇其詩歌的節奏美。他認為，節奏是詩的生命，節奏建立在詩歌本身依附的內容之上，一部詩歌的寫作體裁，不僅決定了情感、情緒、生命的節奏，也決定了詩的語調。那些寧靜的詞，精到的韻腳，鋪建起來的韻律，會與作者的精神狀態緊密結合在一起，繼而調動起讀者的情感。

詩歌是心靈的藝術，諾源想用這樣一種他心儀的方式，表達對土家族民族歷史文化的詩意建構，讓那些沉澱的歷史素材，生發出獨特的美感，並著力開掘出深厚的精神內涵。事實上，每一個民族都有自己的根源及堅實而又豐富的精神文化，就如同《巴國神曲》中所描述的土家族，從巴人到今天，其間有多少撲朔迷離，蜿蜒曲折，又有多少生命的奇蹟、傳世的精神瑰寶？都是讀者所期待的。

諾源是這位皮膚黝黑的年輕詩人的筆名，他正是巴山利川人，在他的人生經歷中，十七歲時便已經寫了厚厚的一沓詩歌，雖然青澀。而後來因為對生活有了真正的感悟，才有了真正的詩，就如他常對人說起的一句話：「沒有誰比文字更懂我，如同沒有誰比孤獨更疼我。」因為生活的艱辛與家庭的挫折，他一直小心翼翼，拒絕別人走進

內心，而對文學的真誠和不放棄、不妥協成為支撐他人生的強大動力。多年來，他務農經商、南下深圳，打工闖蕩，一直在追夢的路上跌跌撞撞，一直期待又同時堅信，在遠方，一定會有春暖花開。

《巴國神曲》讓他熬過一個個漫漫長夜，守著一盞燈火一支香菸，嘔心瀝血，煞費苦心，在這個人們痛感歷史傳統、人文精神被弱化的時代，他將生活的感悟、所追求的夢想，與對歷史文化的認知理解結合起來，讓它們化作了詩行，化作了一個鮮活的民族的生命形象。據說，他的另一部長詩《楚魂》已經截稿，還將寫作又一部長詩《巫歌》，從而形成一個關乎巴山民族的史詩體系。如此宏大的創作規劃，浸透了他的心血與夢想，如他的詩句：「對故土的愛/是那樣的深/就像流星在宇宙顛沛的步履/把自己/碾成一道時間的印痕/刻下一首/淋漓盡致的進行曲……」他又說，「接下來的路還很長，而我將義無反顧」。就像海子在《以夢為馬》裡寫道：「萬人都要將火熄滅/我一人獨將此火高高舉起/此火為大/開花落英於神聖的祖國/和所有以夢為馬的詩人一樣/我借此火得度一生的茫茫黑夜……」

說實話，我不是詩人，起初諾源讓我為他的《巴國神曲》作序，我覺得似為不妥。但諾源對於文學的虔誠、勤奮與堅韌，讓我十分感動，還有，他對女兒的愛。他曾用寫詩的手，也是謀生的手，笨拙地學會了為女兒梳頭，為

她扎一個快樂的小髮辮。年幼的女兒曾問他：「爸爸，我們是不是叫相依為命？」那一刻，詩人內心的波動不亞於一片海洋。我想，這樣的真情不能沒有詩，而巍巍大巴山，因為有了一代代諾源這樣的歌者，才使得古時的下里巴人唱到了今天。因此期待，諾源與他的詩能夠和者為眾，得到讀者們的檢驗與喜歡。

　　是為序。

                                                        葉梅
                                                二〇一五年七月

巴 國 神 曲

目　　錄

第 一 部 曲

遠古之來兮

第 二 部 曲

開疆之國兮

第 三 部 曲

舞動之靈兮

遠古之來兮

第一部曲

〔 1 〕

遠古幽音

不知如何在這撲朔迷離時代，
看到你遠古清晰明了的來路；
用一個詩人情懷等待你到來，
感知你歡樂甜蜜和憂傷痛苦。
你也許一定完全忘記了往昔，
那安生立命輾轉飄泊的離殤，
就像你曾經叛經離道的故事，
那黑夜一路顛簸不止的月光。
而今，以詩人名義開啟的古韻，
在你糾葛年月貫穿簡短詞彙，
讓詩人卑微心靈沿襲你精魂，
毫不吝嗇地吟哦出你的高貴。
那麼，你無比深沉偉岸的年華，
是幅雋永迷人、潑墨的山水畫。

〔2〕

天地初開

記得洪荒世界總是暗無天日，

沒有分離的日中昏沉而迷茫；

像遠古繞巴涅和惹巴涅[1] 姐弟，

矇昧夢境裡涇渭不明的憂傷。

他們用樹和竹做結構的題材，

試著以一種格式讓萬物靠攏；

在盤根錯節竹序橫生的年代，

開啟意想裡承上啟下的時空。

從此那三十六片解佩的鷹羽，

以及大貓[2] 敦實而雄渾的腳掌，

在這阡陌大地以及雄偉蒼宇，

刻滿了你們天地初開的歡唱。

這宛如結滿認知符號的版圖，

拉開與自然環境的抗爭序幕。

1　繞巴涅和惹巴涅是土家族創
　　世神靈，相當於漢文化開天
　　闢地的盤古。

2　土家族人習慣將老虎稱為大貓。

〔 3 〕

人神共居

可這萬物都已經存在的地面，
折騰出精靈徹夜不休的囂音；
在天地觸手可及的絕版空間，
植物生長的觸角已直達天庭。
歡樂的孩子順延葛樹[1]的藤結，
和馬桑樹[2]的枝丫在天庭嬉戲；
這世界是多麼親近以及和諧，
完全可放任肆無忌憚的頑皮。
就像天神並沒有刻意去強調，
尊榮儒雅的地位和高貴名聲；
如同原初人[3]不會在意和氣惱，
棲居下界卑微而低下的身分。
這沒誰被誰創造統治的命題，
將構成平等自由的生存關係。

〜〜〜〜〜〜〜〜〜〜〜〜〜〜〜

1、2 在土家族創世神話中，馬桑
　　 樹和葛樹藤是上古時兩種齊
　　 天植物，人們可以沿著這兩
　　 種植物的樹幹自由出入天庭。

3　 原初人即巴人之初始人類，是
　　 創世以來的第一代土家族人。

【4】

天降災難

如果神把歡樂當作恣意妄為，
那麼終究會引發衝突和矛盾；
如果神把萬物行走看成苦累，
那麼將不會容忍而滋生惱恨。
當巨斧高舉劃破時空的肌膚，
海魚疼痛的脊骨戳穿了天地；
當日夜和四季貼上災難語符，
你們再次陷落於憂傷和孤寂。
而寒冷黑暗將席捲整個宇宙，
疼痛也會凝固意識以及生命；
整個天空和大地將充滿腐臭，
活著的則是墨貼巴[1] 那些神靈。
若把無慾無為歸於愚昧無序，
滅絕人類是無限膨脹的私慾。

1　墨貼巴是土家族至高無上的
　　天神，相當於漢文化的玉帝。

[5]

天地再造

當七天七夜不眠不休的勞動，

張古老[1] 補天的銅釘變成星星；

當天空高遠明亮和日月崢嶸，

汗珠化為露水，火把變成月明。

而因李古娘[2] 偷懶再造的大地，

坑窪不平，怎能舒緩你的明目；

那天窄地寬擠壓褶皺的樣子，

宛如海魚嶙峋的皮膚和刺骨。

但這曾死亡的廢墟不難想像，

仍將高贊督造的仁愛和莊嚴；

這精心策劃、縝密設計的劇場，

神就是自編自導的獨角演員。

而這勤奮和懶惰將生死隔絕，

宛如一部高尚和卑微的哲學。

1、2 古老和李古娘是巴民族後裔
土家族大神，他倆奉至高無
上的天神墨貼巴的懿旨對被
海魚破壞的天地進行再造。

〔6〕

再造人類

在墨貼巴沒人類陪伴的日子，
就請高舉你自以為是的孤獨；
在沒有四季的輪迴日夜交替，
就沒有誰對這文明作出記錄。
所以，在每個落寞無聊的暮色，
創造人類就成了神心頭病症；
在塑造不周之後，不得不選擇，
依窩阿巴[1]擔當起這造人重任。
於是她用竹子做骨，葫蘆做頭，
樹葉始為肝臟，豇豆做成腸子；
樹皮做了皮膚，泥土做成肌肉，
茅草做汗毛，還造肛門與肚臍。
而這自然界周而復始的通途，
默默灌注人類的廉價和羞辱。

1　依窩阿巴是巴民族後裔土家族造人大神，在張古老和李古娘造人失敗後，奉至高無上的天神墨貼巴的懿旨重新創造了人類，這次創造的人稱為「初劫人」。

【7】

踢日趕日

當天地史無前例的烈焰升騰，
大地已發出行屍走肉的哀告；
那河水乾涸、天地龜裂的掌紋，
已斷成鳥獸絕跡，無聲的哭號。
這是多麼水深火熱的時代啊，
開天闢地蜂擁出的三個太陽，
就像痛苦一樣滋擾著大地啊，
把人們帶入一片憂傷和絕望。
望著這岌岌可危的一個世界，
偉大的繞巴涅踢走一輪烈日；
而那勇敢無畏的英雄惹巴涅，
驅趕另一輪太陽，解救了天地。
由此，無序將釀成可怕的悲事，
剩下一個太陽才是人間福祉。

〖8〗

雷神降禍

一母所生龍乳鳳蔭的九兄妹，

你們下海擒龍王，上天捉雷公[1]，

引發一場齊天洪水淹沒人類；

讓族人死於水火不容的時空。

你們望著那沉浮不止的族人，

心裡充滿了無比悔恨和內疚；

在面對你們格外施恩的雷神，

感到前所未有的虛無和腐朽。

你雍尼補所[2]只得駕著那一隻，

滿載千樣種和百樣糧的大船，

在那佈滿險惡的滔天洪水裡，

苦苦尋找你棲居陸地的家園。

你和神靈只是那歲月的玩偶，

死亡是劇裡推倒重來的戲頭。

1　即天上主管雷電的大神。

2　雍尼和補所是兄妹，他們的兄長為吃到雷公肉，將雷公捉到人間關押，但受到善良的雍尼和補所兄妹搭救。雷神獲救後在天神墨貼巴的指示下，降罪土家族人，使其遭受了一場洪水災難。但是雷公饒過了救他的雍尼和補所兄妹，他們因而倖存下來，後兄妹成婚，在初劫人滅亡之後繁衍了第三代人類。兄妹倆被土家族人視為始祖神。

9

兄妹成婚

這是個多麼罪大惡極的過錯，

讓膽大妄為留下滅絕的遺恨；

而那逃向生天的雍尼和補所，

在自然界的指引下成親發人。

而關於你們驚慌失措的容顏，

滾磨岩、燒火堆、種葫蘆等儀式，

喜鵲、烏龜成就了羞澀的姻緣，

百日分散的肉團是繁衍的後裔。

因此，初劫人[1]不要讓災難重演，

別任性，再次做死神的殉葬品；

只能隱藏快樂，遠離神靈視線，

用虔誠及順從恭迎神的駕臨。

其實所有災難困厄、幸福甜蜜，

都只掌握在你們自己的手裡。

1　第一批人類原初人消亡後，
　　依窩阿巴創造的第二代人類
　　為初劫人，初劫人之後就是雍
　　尼和補所繁衍的第三代人類。

10

洛雨[1] 射日

這大膽而殘忍的墨貼巴天帝，
你完全忘記遠祖膜拜的恩情，
放出十二太陽再次滅絕人跡，
讓你再次沉入那孤獨的光陰。
當那一百二十姓人步入絕望，
剩下的二十姓人已臨近滅絕；
洛雨用弓箭射落了十個太陽，
餘下的受毛草干預，變成日月。
這樣白天出來的太陽是妹妹，
因害羞，拿著洛雨金色的針尖；
晚上出來改稱月亮，光輝柔美，
因為夜裡孤單，便與星星做伴。
所以，不要因沉默而失去力量，
改變環境是遠祖不屈的反抗。

1　洛雨是土家族神話裡，拯救
　　人類的射日英雄。因為雍尼
　　和補所繁衍了人類，被天神
　　墨貼巴知道，放出十二個太
　　陽要滅絕土家族人。

〔11〕

九州[1] 分治

這樣，你們弟兄九人各奔東西，
在天災橫行的時代分理九州，
開闢屬於你們的疆域和故事，
開闢中州八輔這九囿的架構。
就在那九月陽光明媚的清晨，
你帶著遠古的族人跋涉江河，
披上五彩的雲霞和滿天星辰，
在西南建立津津樂道的巴國[2]。
那是個多麼美麗的世外桃源，
滿山遍野佈滿的山珍和果實，
讓你及族人在這裡生息繁衍，
在茂密深林進行狩獵的遊戲。
這傳世立國的四萬五千多載，
構成刑馬山[3]遺傳萬代的深愛。

1　九州是中國之代稱，謂華夏之九州。《洛書》曰：人皇始出，繼地皇之後，人皇氏兄弟九人分理九州，為九囿，人皇居中州，制八輔。華陽之壤，梁岷之域，是其一囿，囿中之國則巴、蜀矣。華陽之壤，梁岷之域，即整個大巴山地區。

2　巴人居住的地方稱為巴國。即以現在的長江中游水道為軸心的重慶、湘西、鄂西區域。

3　人皇氏兄弟九人共同出生於仙家聖地刑馬山，但位置不詳。

【12】

尋根索源

當你拾起太陽裡碎裂的聲音，

尋找巫山遠祖[1]那久違的肖像；

微曲的無名指上盤旋的蒼鷹，

在你無言的體內激盪與迴響。

你望向兩百萬年前遠古江河，

望向舊石器時代的巴山[2]阡陌；

那裏滿歷史煙霞遺囑的石刻，

記錄著這種族的裝飾和沉默。

當然不可能把你想像成天神，

所有生命將聽從無情的時間，

以此在問根尋源的時空清晨，

從一種光亮中去與他們會面。

那時你尚能說出無限的深愛，

說出身為人類的糾結與無奈。

1　在舊石器時代，早期巴人居住的長江三峽地區，今重慶巫山縣大廟鎮龍坪村發現了舉世矚目的「巫山人」以及不遠的鄂西恩施地區的「建始人」。

2　大巴山是巴人活動區域，位於中國西部，簡稱巴山。為四川盆地、漢中盆地的界山，屬褶皺山。東端與神農架、巫山相連，西與摩天嶺相接，北以漢江谷地為界，西北—東南走向。廣義的大巴山係指綿延重慶市、四川省、陝西省、甘肅省和湖北省邊境山地的總稱。狹義的大巴山，在漢江支流經河谷地以東，渝、川、陝、鄂四省（市）邊境，為漢江與嘉陵江的分水嶺，主峰神農頂，位於湖北省神農架林區。

【 13 】

去舊圖新

既然索取和需求締結了同盟，

就得想到如何去改變和創造；

在內心編制輕便精緻的美夢，

銷毀掉粗陋、簡單、笨拙和潦草。

你就必須磨掉世界粗糙物中，

以一種細膩賦予簇新的工藝；

只有這樣，這石器將會更實用，

更得心應手，開創新的生活史。

無論歲月的風或時空的烈焰，

都毀不掉你滿目芳菲的疆域；

你將以錚亮的輪廓拋頭露面，

在歷史的眼睛裡彪炳著過去。

這樣，將永存巴山黑漆的土地，

暗藏最後那完美絕倫的技藝。

〔14〕

母性天空

記憶在眼中碎裂成諸多黃昏，
女人的髮絲浸潤成茂密樹林；
河水切面寫滿了芬芳和青春，
彷如那逶迤清秀的巫山峻嶺。
這裡誕生了偉大的母姓部落，
女人是古巴人氏族公社成員；
她們採集、紡織、縫紉，開啟生活，
還撫育子女，守望著美麗家園。
而一切物質基礎和集體利益，
奠定女人在社會的主導作用；
於是因她們存在的現實意義，
生存和繁殖讓部落走向繁榮。
而這丰韻的眼神將會去照亮，
那光陰漫長萬古長青的遠方。

15

護佑天火[1]

重燃天火時記得正好是清晨，

就像那一輪冉冉騰空的太陽；

縈繞的炊煙密佈在岩居斷層，

你添加火枝，灼熱歡愉的心房。

你還總是不停拾取敗枝枯樹，

堆積四周，以另種方式去接近，

去保持飄緲夢幻的生命溫度，

接受大自然鬼斧神工的贈品。

所以，你每次在土坑忙碌之時，

這黑夜、寒冷和荒涼就被驅散；

從此這珍藏溫暖的黃土大地，

將消磨夜以繼日的呵護垂憐。

而燃燒、守護、奉獻、毀滅與給予，

構成了巴人高貴、聰明的圖語。

1　人類在自然中獲取的火種被
稱為天火。這火種需要專門
的人進行管理，防止熄滅。

〔 16 〕

血親祖語

你意識形態裡總是相信氏族，
與某種生物有一定血親關係；
從而把他們視為自己的遠祖，
就像以他命名的圖騰和姓氏。
這氏族血親純潔得像粒水晶，
祖母和母親擔當起重要責任，
母系血緣就是部落首要綱領，
女孩則是無可非議的繼承人。
這樣，就永遠不知道父親是誰，
不知道如何把愛分享與奉獻；
從出生伊始將與你母親相隨，
將成為忠誠巴蠻氏族的成員。
若把女人身體比作一座園圃，
男人是長著雄奇器官的奴僕。

⟦ 17 ⟧

族外群婚[1]

當黑夜再一次突襲巴山大地，

可以看到夜色裡燃燒的火光，

以及無數發情的眼睛和手指，

肆無忌憚地撕扯纏咬著對方。

這是那麼合情合理引人入勝，

用一種語言消除白日的疲憊；

這裡更不會產生恥笑和怨恨，

有的是尊重和認同以及讚美。

激情後，天空出現纏綿的朝霞，

那贈送男子的禮物就是晨霧；

而在部落族外群婚的定律下，

配偶之間沒有絲毫情感基礎。

就那麼簡單，繁衍、發洩和離開，

這是一個不產生愛情的年代。

1　族外群婚制是原始社會時期存在的婚姻形式，在血緣集團裡，男子只能以外集團的女子為妻，女子也只能以外集團的男子為夫。而一個男子可以有一群妻子，一個女子也可以有一群丈夫，即一群男子共妻，一群女子共夫的群婚關係。

〔18〕

生死同族

但，絕不要擔心有何怨言怨語，
男人也不會以此去產生嫉妒；
這裡將會人人平等，共同防禦，
按性別、年齡合理分工，相互幫助。
生，女人除採集食物養育老幼，
還得操持家務承擔分娩苦痛；
而青壯年男子擔任防備野獸，
以及狩獵捕魚的任務和勞動。
死，你們也從沒有想到過分離，
將選擇巴族公共安葬的地方，
按生前男女分開居住的慣例，
用高昂的厲嘯施行同性合葬。
凝聚信仰，聚合力量，生死同族，
即便死神也不能把情愛驅逐。

19

民主維氏

既然你愛，就得放下高尚姿勢，

既然是平等自由歡愉的地方，

那賦予巴族成員的絕對權利，

將永不磨滅鑴刻在你心圖上。

如果你不稱職，甚至固執偏見，

那麼定會聚集族人重新選舉；

如果公正的眼睛看到你缺點，

將予以罷免，卸下你焦躁情緒。

沒有哪個巴酋長[1] 敢玩忽職守，

得學會公正、尊重、真誠和奉獻，

拋去任性、刁蠻、錯誤以及醜陋，

保持與氏族神靈的心靈來往。

全世界除了你，文明都已老死，

民主雛形根深柢固，滋長心裡。

1　即早期巴人遠祖部落的氏族
　　首領，一般為女性。

〖 20 〗

部落征戰

你不知道是第幾次發生戰爭，
為敗壞的次序進行血緣復仇，
留下一個時代你英勇的寫真，
把讚美原封不動地畫上額頭。
當舉起部落聯盟的盾牌竹矛，
就舉起了整個巴部落的疼痛；
當生命的消亡引來無數哭號，
就得用鮮血承受死神的恩寵。
其實你不願意看到自己流淚，
也不允許他們身體有何瑕疵；
就像徵戰後親手掩埋的疲憊，
掩埋藏於心頭的厭惡和悲悽。
既然選擇戰爭意味選擇死亡，
用生命換取部落安詳的時光。

〔21〕

結繩記事[1]

當開始默注生機盎然的事物，

發現過往繁華已經逐漸遠行；

那麼以繩記事成了傳世語譜，

將故去清晰明了的留記於心。

這樣你把這簡單的發聲留給，

悲滄的繩索以及系記的動作；

而你也不要嫌棄粗陋和卑微，

大小挽結不同是追記的線索。

其實每一個結就是一個故事，

亦或一首曾百讀不厭的詩歌；

結滿昨天、今天和明天的呼吸，

一個顏色泛黃的憂傷和歡樂。

如果結繩是形態的還原再現，

必成為意識文明的啟蒙初端。

1　以繩子挽結作為某件事情的記錄標記，這是原始的記事方式。

〔 22 〕

大地方物

這是萬年前的種子以及果實，
是永遠蒂固的王道樂土裡面，
最後一粒晶瑩而飽滿的汗滴，
就像黑夜裡年代久遠的燈盞。
若有誰提到辛勤採集和收穫，
哪裡會是你萬水千山的糧倉？
你說，定會以陽光的流速捕捉，
春來冬去的倩影，積攢成渴望。
這樣，年代裡百般縈繞的豐收，
宛如你一段難以割捨的情愛，
在這牛衣歲月中求索的年頭，
綻放成一場浪漫入懷的未來。
而這些方物得感謝天地所賜，
讓你巴族不再有飢餓的危機。

23

母遺女承[1]

假如你成了物質永恆的俘虜，

笨拙的身體內充滿貪婪私慾，

你內心裡所構築的邪惡小屋，

隨著時間，靈魂將坍塌成廢墟。

那麼繼承製將會有兩個特徵，

一是集體性，財產為氏族所有，

二是財務平等下的母遺女承，

巴族男子的子女就無法享受。

所以在有生年代得公私分明，

就得按照繼承族制分配均勻；

對於集體的，得體現出共有性，

讓你的墳墓結滿公平和清純。

要不然貪婪將會無限制瘋漲，

去加劇部落細胞內核的消亡。

1　在母系氏族時代，男子只作為
　　氏族公社裡的一員，沒有繼
　　承權，只有女人才有繼承權。

【 24 】

和諧之聲

當這歲月已經和你一樣古老，
你生前經營的部落逐漸強大，
你的青春被裝點得無比崇高，
描繪成多姿多彩的絕版圖畫。
所以你的離開沒有任何遺憾，
你的肖像值得部落成員緬懷，
你的死亡讓你自己感到舒坦，
都將構成對部落無限的深愛。
而這個陽光明媚，絢麗的清晨，
在你深陷的眼眶裡露出慈祥；
你說，請寬恕生年裡僕僕風塵，
珍視這譜以自由祥和的地方。
這將使你那枯竭的肖像永生，
並使你聰明的後代感到振奮。

〔 25 〕

逐水而居

那麼就請跨上你喂熟的駿馬，
在鬢髮飛揚的日子逐水而居；
這樣就可以從閬中¹ 渝水² 出發，
帶著牛羊游牧大地，擁抱蒼宇。
你的族人高揚馬鞭盡情歡笑，
即便夜淹沒遙遠崎嶇的路途，
你心中始終長滿豐盈的水草，
從而無法阻止你尋找的腳步。
若這陽光升起，賜你無限寶藏，
你用溫度裝點成慈愛的火焰；
抒寫心中彼岸那溫暖的河床，
以渲染你那迷離嬌媚的容顏。
別再打聽，這漢水³ 逐流的日記，
你愛大地和馬匹勝過愛自己。

1　閬中市位於四川嘉陵江中游
　　四川東北部，東枕巴山、倚
　　劍門、雄峙川北，為國家歷
　　史文化名城。

2　古水名，一名宕渠水，即今
　　四川南江及其下游渠江。

3　漢水亦稱漢江，發源於陝西省
　　漢中市，也是中國中部區域
　　水質標準最好的大河，屬於今
　　南水北調中線方案的渠首。
　　漢江古時曾與長江、黃河、淮
　　河一道並稱「江河淮漢」。

〔 26 〕

首領華胥[1]

任憑風生水起細潤嫻熟筆端，

也書寫不了接踵而至的風景，

以及華胥曼妙風姿嬌美秀妍，

那年輕有為充滿神韻的眼睛。

而你將帶著一整座舞台走來，

迎接絡繹不絕那撲面的目光，

這樣將啟用很多浮誇的華彩，

搬來天空的光芒裝飾你臉龐。

人的青春年少不過很是短暫，

像天邊遠處一閃而過的流火；

但那媲美瞬間，將無比的燦爛，

毫不遜色地照耀著歷史大河。

由此你美麗的肖像無處不在，

讓紈褲的浪子與你夢中相愛。

1 華胥是中國上古時期母系氏
族風兗部落的一位傑出女首
領，是伏羲的母親。故鄉在
今四川閬中。

〔 27 〕

族叔風佫[1]

你雙眼探向更為靜止的遠方，

就像你的豐功偉績無法考證；

但是可以從這隻言片語猜想，

你因慈祥、奉獻獲得高尚名聲。

所以，歷史年輪劃過巴山大地，

以族叔風佫的名義輔佐華胥，

從渝水出發，建築傳奇的故事，

引導你部落走向廣袤的疆域。

如果歲月是你青春裡的敵人，

時光就像那毫不留情的娼婦；

那所有關於你臉上留下印痕，

都將期望把你早日帶入墳墓。

但你的族人會因此奮發圖強，

從而使擴張獲得永恆的力量。

1　人名，風兗部落女首領華胥的
　　族叔，曾輔佐華胥治理部落。

〔28〕

部落歡歌

那麼就請在這河岸燃起火焰，

燃起風兗部落[1] 這歡樂的光芒；

讓天上高貴的神靈生來豔羨，

把美好日子進行追記和景仰。

那麼，請你們將此火高高舉起，

列列眾神都將會以你們為大，

在夜空編織一面鮮紅的旗幟，

但須知讚美是早年悲傷代價。

你拋棄神，並非你最大的福分，

在這條信仰日漸淡薄的旅途；

你擁抱神，也不代表你的忠誠，

但是那種痛至今還錐心刺骨。

所以，渺小和崇高，悲傷和歡樂，

在這不眠的黑夜燃燒成讚歌。

1　風兗部落是伏羲母親華胥領
　　導的部落，伏羲的母族，後
　　因第一任人皇伏羲而成為第
　　一個大部落。

29

華胥神孕

你們相遇之時正是韶華年紀，

那彼此凝望的眼神深刻內心；

這樣不得不循雷澤[1]巨大足跡，

走向那密佈愛情的茂密深林。

當你女人的處血濕透了裙裾，

男人的力量耕種豐腴的沃土，

你還能堅苦抵擋那甜言蜜語，

做你聖潔的女子，淒婉的怨婦。

可以想像，那刻你們春情萌動，

在原始野蠻的荒野如痴如狂；

你們忘記歲月，彼此深深相擁，

創造愛情神話裡偉大的詩章。

這樣，雷神[2]有了他高貴的後裔，

而你就有了傳承敬孝的子嗣。

1　即雷澤氏部落。

2　相傳華胥踩雷神腳印而受孕，生下伏羲。此處的雷神即伏羲父親，雷澤氏族部落王子。

30

降世成紀

在這個蒼莽浮生的歡愉時光，

遷居天水[1] 那蓑草編茅的窩棚，

是傲天世子伏羲[2] 永世的殿堂，

是華胥多年紅雲縈繞的春夢。

十二載，漫長輾轉奔襲的日子，

是女人成為母親艱難的歷程，

是那啼哭裡萬千的柔情愛意，

是仇夷山[3] 上瀰漫的煙霞風塵。

於此，不凡降臨所隱忍的暗喻，

將與一個時代結下不解之緣；

就像你定居甘肅的隻言片語，

記錄你巴山華胥閬水的本源。

當然無須去辯論遠古與遠古，

伏羲是開創文明的人文始祖。

1　地名，今位於甘肅東南部，自古是絲綢之路必經之地。

2　伏羲又稱宓義、庖犧、包犧、犧皇、皇義、太昊等，是中華民族敬仰的人文始祖，居三皇之首。

3　古地名，甘肅西和縣仇池山。

[31]

人首蛇身[1]

你就是神靈人首蛇身的化身，
是這巴族基因變數的派對者；
就像最初默默禱念你的銘文，
已經刻在帶甲的軀幹和前額。
否認你，聖德的光輝照耀萬世，
承認你，對人首蛇身心生恐怖；
但始終堅信相互關聯的物質，
定是你氏族的圖騰以及神物。
所以，無法去限定對你的深愛，
更多財富都不及鱗甲的神光；
那麼死神降低，你高貴的時代，
這世代相傳的符號永久輝煌。
作為你後裔，怎會去感到羞愧，
記住你，就像記住永世的恩惠。

1　傳說中的伏羲是人的頭部，
　　蛇的身子。這實際是從風姓
　　部落蛇圖騰演變而來，由於
　　古人類對自然神的崇拜，形
　　成了一種神化現象，所以伏
　　羲和妻子女媧的畫像就是人
　　首蛇身。

〔 32 〕

漁獵大地

但你那前代爬行的鏗鏘壯年，
並沒有被慾望磨滅以及腐蝕；
偽裝身影匍匐著在塵世邊緣，
一步步用悲憫把這血腥吞噬。
就像那張開弓箭與待發長矛，
恰似你慾壑難填發亮的眼睛；
正如溫馨的呼息偽裝的茅草，
支持洞穿後鮮血流淌的哀鳴。
當皮已經從獵物身軀上剝離，
裸露出那嶙峋的骨骼和器官，
這完全歸功於你獵殺的物器，
那結繩的圍網和打獵的弓箭。
而你用力量展示了蕭殺過程，
結束矇昧歷史，激發生存潛能。

33

稻香谷語

這是萬年前的種子以及蔭田,
被時光的手發現採集和積累,
構成部落餬口度日先決條件,
深深開啟你日新月異的味蕾。
而你對事物一種極早的認知,
源於不斷進行的實踐與證明;
當你揭啟作物生長的規律時,
完全熟譜了生長派對的基因。
那麼北方成片成片的野麥草,
是大地風物愛意切切之永恆;
而那南方大地至珍的野生稻,
是構成人類生命偉大的母本。
這樣,人類生活翻開新的一頁,
形成了刀耕火種的鋤耕農業。

⸜ 34 ⸝

刀耕火種

當明媚天空精美細緻的樂章，

奏響了三月勤奮開耕的大地；

奮進的牛蹄踏碎雲朵和陽光，

用輕柔明目抒寫春天的贊詩。

所以，把春天煉就成七彩火焰，

鍛造秋，遮天蔽日的金黃流澤；

那麼請點燃滿山遍野的豐年，

點燃那樹枝邊茅草地和黑夜。

這一場多麼偉大的刀耕火種，

創造你珍愛拚搏的頑強序曲；

而在膚色與黑夜糾纏的夜空，

讓世界重新吟唱著新鮮物語。

如果火焰把你高貴青春裝點，

黑暗的天空肯定盛行著歡顏。

〖 35 〗

牧養大地

大地的誕生就是萬物的誕生，
如同一場祕密的談話與對峙；
而對畜禽的豢養所遺留物證，
保存一場被宰殺的歷史痕跡。
由此，沿襲這植物的脈絡起航，
以一種對生命的認同和尊重，
發掘出萬物的，那岩石的內臟，
彷如遠祖和它們都置身其中。
所有因吞噬依存締結的故事，
以索取現出人類霸主的原型，
構成養殖與農業密切的關係，
是原始農牧藝術的真實反映。
那麼平白無故享受高貴食糧，
怎不以生命慰藉人類的飢腸。

36

百工興業

身為人類怎能負人類的盛名，
你身為後世聖主將創造萬物，
展示你聰慧的才能以及德行，
用勞動法則為生命進行辯護。
那麼你將挖掘泥土塑造坯胎，
用熊熊烈火燃燒生活的陶器；
那麼你將在精心打磨的時代，
割取堅韌的樹皮編製著麻衣。
這樣，你們不但有了採集耕種，
不但有了狩獵養殖以及放牧，
你們還學會各種器物的加工，
學會了發明創造、利用和建築。
你是這方物的尋求和加工者，
也是這個世界偉大的主宰者。

37

情竇初開

那時你已是風姓部落的能人，
萬民敬仰的智者，正深受愛戴；
你英俊的外表和高昂的精神，
獲得各部落年輕女子的青睞。
她，鳳姓部落[1] 風華絕代的美女，
天地甘露滋養的精靈和尤物，
用靈巧雙手編製生活的序曲，
譜成絢麗透明而聰穎的音符。
這樣，你們是天神鍾愛的後裔，
你們是人類大地少有的英才；
你愛她，構成無以復加的引力，
她愛你，是青春年華最強買賣。
沒有誰不想獲得高貴的血統，
在處心積慮的心裡把你玩弄。

1　鳳姓部落是女媧所在部落，
　　在黃河上游渭水流域，今甘
　　肅省天水市和秦安、靜寧縣
　　一帶。屬於大伏義氏族部落
　　的分支。

38

愛情之花

於此，自用一生戀上對方之後，
你們靈魂就已經無靈藥可救，
不停在晶瑩璀璨的清晨奔走，
祈禱相濡以沫的愛永遠不朽。
而你們將有一座花園和城堡，
有一匹馬和一片奔跑的草地，
有青春蓬勃的時光以及歡笑，
有耕種收穫的汗水瀰漫髮鬢。
你們將帶著自由、愉悅和熱烈，
還有狂野，在遙遠的地平線上，
帶著孩子、牛羊沉入大地莊黑，
宛如那一輪相擁入懷的月亮。
而你們這一段炙熱熱的火焰，
將在黑夜中把愛情花蕊點燃。

39

風鳳聯姻

當五彩的天空許下婚姻媒憑，
九月大地不得不為你們歌唱；
她用羞澀的青春在等你駕臨，
等你堅強的臂彎擁她入胸膛。
而你將遵循部落的血緣關係，
帶著愛與不同支系的她成婚；
而你那一雙精緻狐皮的聘禮，
輕易獲取鳳縣[1] 女媧[2] 全部青春。
從此你們在大地自由地馳騁，
愛如夏花、形如兄妹，相依相伴；
你們教化部落萬民，以德服人，
在有生的歲月忠於愛的宣言。
你們那幸福美滿的婚姻生活，
演繹成兄妹成婚的神話傳說。

1　鳳縣即今陝西寶雞市鳳縣。

2　伏羲的妻子，女媧氏族首領，女媧與伏羲同屬於大伏羲氏族兩個不同的支系，伏羲姓風，女媧姓鳳。後被世人尊為始祖女神。

〔 40 〕

河圖洛書[1]

這智慧聰敏是常人所不能及，
求學燧人氏茲門下深得青睞，
把祖創的河圖洛書傳授給你，
燧人氏[2]的文化從此得以傳載。
這一部多麼偉大的絕妙河圖，
是青鳥部酋長柯約耶勞所創；
象徵陰陽的二十個圖形號符，
極深的內涵是氣象學之華章。
而人類肉眼辨識的北斗九星[3]，
被氏須女部大酋長柯諾耶勞，
編制於洛書，構成心靈的神津，
為人類畫上辨析方位的坐標。
因此這無垠的宇宙不再虛幻；
裝點成人類啟蒙認知的發端。

1　《河圖》又稱《星系輪布
　　圖》，是燧人弇茲氏青鳥部的
　　大酋長柯約耶勞所創。《洛
　　書》是燧人弇茲氏須女部大
　　酋長柯諾耶勞在觀察北斗九
　　星時創製。

2　燧人氏是新石器初期河套附
　　近一個母系氏族，他們以打
　　獵為生，發明了鑽木取火。

3　北斗九星分別為天樞星，天
　　璇星，天璣星，天權星，玉
　　衡星，開陽星，搖光星，洞
　　明星，隱元星。

〔41〕

聖德八卦

當你被貼上偉大的聖德標籤，
靈魂便開始夜以繼日地流浪；
像黃河洛水¹圍追堵截的初源，
在詭異幽暗天空下不辨方向。
而關於龍馬負圖和神龜負書²，
虛幻的故事，成了堅定的信仰；
那毫無根由普通至極的方物，
被賦予一種五色俱在的靈光。
那麼就不要相信無聊的神話，
抹煞燧人鑽茲氏的偉大創造；
伏羲依河圖洛書繪製的八卦，
構成那天文地理運行的綱要。
而你則是耗盡你人生的時光，
點線出世間萬事萬物的情狀。

1　黃河下游南岸大支流。位於
　　河南省西部。在洛陽平原腹
　　地左攜澗水，右帶伊河，東
　　出平原，北入黃河。

2　上古神話，上天給出提示，
　　揭示萬物運行規律，派龍馬
　　神龜背負《河圖》《洛書》賜
　　予伏羲，即「龍馬負圖」，「神
　　龜負書」。

42

問道天下

你那清晰敏銳細緻的觀察力，
隱藏著你對萬物深厚的感情；
如同珍藏多年的光陰和日記，
用原始的母語闡述道的原型。
那小小村落就是你青春的家，
所以，這些歌頌讚美並非妄言，
因你的重於鉞儀勾股紀曆法[1]，
演變棲居大帝灣[2]成紀[3]的初年。
你就是萬民敬仰、高貴的智者，
人首蛇身是向後人昭告象徵；
而關於銘文圖語表達的規則，
讓你成為真正道家的創始人。
那麼你的創造，後裔只能驚嘆，
讓後代永世揮霍時間的財產。

1　伏羲以木星為主觀測星，以織女星為北極星，以北斗九星的斗柄指東為天下皆春。以日表八索為定表游表，確立勾股弦周天歷度為三百六十度。以每月為三十六日，每年為十月，每年三百六十日。以大風雨表測八方風，定八極，四時，八節。每時九十日，每節四十五日，總共三百六十日。

2　地名，今甘肅天水市泰安縣北。

3　伏羲在大帝灣的一個小村長大成人，並創製了重於鉞儀勾股（規矩）紀曆法，因此人們後來把伏羲所住的小村子稱作「成紀」。

43

始造書契

那些久而久之所潰敗的繩結，
讓人們無法清晰記住任何事；
你這聖人無限憂鬱，目光重疊，
在心頭流下痛心疾首的淚滴。
當意象成了契合心靈的徵兆，
將建築埋葬野蠻無知的荒塚；
而那些大徹大悟的契刻符號，
寫真出日月山水纖秀的美胴。
這樣，世界多了你命名的詞彙，
構成你最完美的思想和哲學；
簡單和悠揚的發音讓人迷醉，
講述古往今來的方術和概略。
就像今夜用這般古老的文字，
為你守夜，深深景仰以及緬記。

【 44 】

伏羲為帝

那權利和慾望啊燃燒的煙塵，
已經矇昧了燧人氏純潔心靈；
部族苦難啊讓人們產生怨恨，
希望有人能站出來維護清明。
長江黃河幾百部落聯合起來，
罷免了燧人最後一位大酋長，
在榆中[1] 選舉時代的聖德英才，
艱巨的任務落到了伏羲身上。
這樣上天已給了你無限權力，
你將全心全意改變部落命運；
你不要讓那慾望成為絆腳石，
在羅奉[2] 初始的壯年種下沉淪。
既然接下這天齊建木的王權，
這男性集權象徵該充分展現。

1　伏羲稱帝時的都城所在地，
　　今甘肅蘭州市榆中縣。

2　伏羲以木德王天下，帝號羅奉。

[45]

築牆圍都

那麼你推開了山石以及樹林，

開渠歷史進程中深遠的壕溝，

建築那榆中王權都城[1]的雛形，

羈縻你少壯年華欣榮的城樓。

那麼這時間聳立的高大牆體，

將你的王國和人民圍聚其中；

城中建造的亭台，擇日的祭祀，

敲響歲月那昭告供奉的日鐘。

這樣你首次把時間一分兩半，

繁華和愚昧被無情的手抹掉；

結束和開始是部落蕃衍達顯，

是文明與野蠻的傾軋和煎熬。

因這都城的建立，在慾望眼裡，

埋下後代爭權奪位殺戮伏筆。

1　伏羲建立了伏羲女媧政權，
　　共六十四個部落，立都榆中，
　　今甘肅蘭州市榆中縣。

46

方山¹ 觀象

你將以智慧為卑微大地算命，
指出每個季節裡的風調雨順；
依據捕捉到的雷雨風雲行徑，
為萬民預告歲月行走的年輪。
你總是在風雨方山觀測天象，
於不周山頂重建了天齊表木²；
而你依據那八索判斷的方向，
確立勾股弦偉大的周天歷度。
風雨表測的三百六十日時間，
那渺無音訊的歲月有了日子；
四時八節裡物候啟蒙的山巒，
露出了北斗九星春天的嬌儀。
創造曆法是生產實踐的產物，
構成這原始時代農業的初步。

<hr>

1　方山又名不周山、日魁山，
　　位置不詳。

2　天齊建木象徵著祭天權，即
　　觀象台，表木即大風雨表，根
　　據大風雨表的觀測，用八索
　　判斷天象地維、陰晴圓缺等。

【 47 】

製造甲歷

在這段寒暑溫涼循環的年月，

你恭誠的右監昊英謹記使命，

根據天道一週[1]的規律和經略，

構成了十二月份來去的光陰。

這天干地支配合的六十週期，

是人從幼年到暮年的全過程，

是十九復閏[2]綿延不絕的子息，

是三元甲子七曜會聚[3]的方針。

而你被上蒼的星宿暗暗牽引，

在十二時辰中細數未來時間；

這樣可從容揮霍這智慧結晶，

你與歷史有年可紀不再孤單。

你是在以生命光陰作為代價，

為愛耗盡氣血以及青春年華。

1　天道一週一年三百六十天。

2　十九年置一個閏月。

3　每甲子六十年，三元甲子為一百八十年，每當三元甲子的結束與開始的時間，太陽、月亮、水星、金星、火星、木星、土星成一條直線排列，構成「七曜會聚」之勢。

48

以龍紀官[1]

懵懂時代誰會有你思想深遠，
你超常智慧與謀略，無人匹敵；
即便萬人也不及你美德才幹，
把心深植在這片敦厚的土地。
於此，你推行以龍紀官的綱要，
首立柱下史管理曆法和天象，
設官分政，啟用人才，分擔操勞，
建立巫政管理制度，普惠四方。
而他們領命龍號將各司其職，
尊上下左右東西南北中之神，
負責法律甲歷和文明的書契，
主管建築水利農牧以及民政。
你只不過是部落聘請的奴僕，
歲月隨時可以對你作出解僱。

1 以龍紀官即以龍的稱號進行
設官分政，分部治理，命朱
襄為飛龍氏，造書契；吳英
為潛龍氏，造甲歷；大庭為
居龍氏，造屋廬；混沌為降
龍氏，驅民害；陰康為土龍
氏，治田疇；粟陸為水龍
氏，繁滋草木，疏導泉源。
又命五官：春官為青龍氏，
夏官為赤龍氏，秋官位白龍
氏，冬官為黑龍氏，中官為
黃龍氏。

49

正婚締姻[1]

有蔚藍的天空也就會有大地，
有明媚太陽就有嬌媚的月亮，
有強壯男人就有溫柔的女子，
你們互為媒憑彼此締造陰陽。
就像周而復始的開始和結束，
就像一場突來的白天與黑夜，
就像東方和西方大風和雲霧，
你們相互佐證構造自然法則。
那麼請放下凌亂不堪的情慾，
就用你的左手牽上她的右手，
以人倫道德正締婚姻的秩序，
用一生擁抱彼此歡樂和哀愁。
而天地萬物演化的陰陽八卦，
是夫妻婚姻依據的天象地法。

1　由早前氏族部落時代的群
　　婚，改變成一夫一妻的婚姻
　　形式。

﹇ 50 ﹈

文明之光

有種罪惡在你心靈深處紮根，
如同原罪占據著慾望的眼睛，
若不加以清除，將一定會促成，
那野蠻落後、愚昧無知的慣性。
所以，不要讓執著的心靈空虛，
造成家庭煩惱以及人際疏離；
以此把你那衰老、孤獨的私慾，
製造成一個重大的社會問題。
所以放下你無休沉淪的性愛，
放下肌膚的占有、嫉妒和矛盾，
以一種次序分明的感情紐帶，
維繫社會地位與原始的自尊。
這樣，你人生漫途將結滿文明，
將在法制的憲章裡萬古長青。

〔51〕

天降洪水

你小心翼翼站在鳳州[1]的城郭，
這是多麼漫長而落魄的雨季；
不分白天及黑夜的連綿滴落，
澆注成你和族人的憂傷故事。
當鋪天蓋地洪水來襲的晚上，
你臨危分政[2]，將部落化整為零，
指揮著族人分散向高地逃亡，
踐行勤政愛民的責任和使命。
那是充滿腐臭和痛苦的日子，
讓美麗富饒的家園毀於一旦；
即便你帶領人們搜救和尋覓，
但族人已跌落海底屍陳海岸。
從此你和子民成了無家孤兒，
太陽為你們垂下炙熱的旗兒。

1　即女媧氏族居住地，今陝西
　　寶雞市鳳縣。

2　在洪水突來的緊急時刻，讓
　　各部進行有序的組織，率領
　　族人分散逃亡。

[52]

落走太白[1]

你們憑藉命運葫蘆輾轉逃亡，
飄向至麥積山[2]避難的仙人洞；
當水勢減弱露出行走的高崗，
便開始遷徙走向茂密的樹叢。
你和你族人歷盡困苦和艱險，
來到了秦嶺太白族人的封地，
在他們的幫助下方有了家園，
有了你和你妻子生養的後裔。
這樣，你就可以履行神聖使命，
在這安靜的夜晚為族人守孝；
用你無人能及的勤勞及聰穎，
為這大地帶來生機，奉行操勞。
沒有恩惠哪來你永世的榮譽，
沒有生命拿什麼去書寫自序。

1　太白族人居住在秦嶺太白山。

2　麥積山地處天水市東南方五十公里的北道區麥積山鄉南側，是西秦嶺山脈小隴山中的一座孤峰。

⟦ 53 ⟧

故都屬歌

時間穿過一座座遙遠的墳墓，
彷彿淌過你心頭悲傷的河流，
淌過茂密的深林和熾熱泥土，
記錄著你心頭那深深的歉疚。
你無法安睡，望著榆中的天空，
整夜守候著你的屬歌和語言，
描寫故土靈魂的不安和驚恐，
以及那些逝去的幸福與時間。
而你將用一生去祭奠和悲哀，
去毫不經意的想起昔日王城；
用你對部落族人的無限深愛，
勾彈五絃琴[1] 悲慟萬分的琴聲。
這樣，族人將永遠活在你心裡，
就像從來沒有死去以及遠離。

1　伏羲發明製作的彈奏樂器，
　　琴身用整棵的梧桐木雕成，
　　琴上裝著長短五弦。靠近琴
　　尾的地方略有些發黑。

54

回返鳳城

當洪水退去裸露故土的容顏，
在你心中升騰起希望的華光；
當黑夜之後露出璀璨的山巒，
你已行走在回返鳳城的高崗。
這是多麼讓人興奮的日子啊，
你已經舉起羅奉偉大的王旗，
彷如你的人生道途開滿鮮花，
在新生時代裡描繪詩情畫意。
那麼你將重新規劃建築都城，
建築華麗語言托出文明光彩；
一些曾四散逃離流浪的族人，
也將會收拾悲哀安靜地歸來。
如果失去才讓人注重和在意，
而重新獲得就必須懂得珍惜。

❲ 55 ❳

遷都陳倉[1]

在命運多舛福祿不繼的日子，
這哪裡是在誇耀你的偉大啊；
天生勞頓的命，沒有片刻休憩，
那滔天的洪水啊，又整裝出發。
因災難來臨，不得不離鄉背井，
積攢你時間的費用遷都陳倉，
用一雙哭瞎的眼睛尋找安寧，
尋找你苦苦寄存流年的故鄉；
你率族人沿襲秦嶺東遷驪山[2]，
回到你母親華胥氏族的領地，
用你溝壑的手撫摸你的胎盤，
憑感覺尋找兒時的竹馬記憶。
每一次受傷都是上蒼的寵幸，
不惜用苦行建築榮耀的王庭。

1　伏羲帝都，今陝西寶雞市東。

2　驪山位於西安以東二十五公里，是秦嶺山脈的一個支脈，東西長二十五公里，南北寬十四公里，最高海拔一千三百零二米。

56

稱帝王村

這樣你歲月的王冠獲得永生，

勤勞的人們傳唱崇高的詩篇；

你停下目光，打開溫婉的心門，

在沉寂王村[1] 傾述喜悅和吶喊。

這是一條多麼秀麗的棗香河[2]，

新建的都城重疊成華麗堂皇，

用高貴譜寫一片歡樂和祥和，

掩埋過往遷徙的痛楚及荒涼。

你掩面和轉首，你已不忍做聲，

你回到時間對面盤踞的寨頂，

用王村宮宇華服裝裹的琴聲，

在盤西寨[3] 梭羅樹下祈求太平。

你美麗勇敢執著堅強的大義，

讓部族永遠藏於你豐茂羽翼。

[1] 離開陳倉之後，伏羲女媧氏居住在華山牛鳩原、棗香河一帶，即今陝西省渭南市華縣境內。

[2]、[3] 伏羲在棗香河建立都城，並在棗香河建立了盤東寨和盤西寨，在盤西寨梭羅樹下祈求太平。

‎〖 57 〗

伏羲去世

這偉大的伏羲，你聖德的詩篇，

使聯盟部落對你產生了愛戴，

而以死亡留給他們豐盛遺產，

是對你稱帝立業史蹟的緬懷。

你職責那麼重，你走得那麼早，

靈魂在另一個世界遊走，定居；

不過你不誤農耕稼穡的教導，

已經取得了萬象更新的富裕。

就像移居寶豐王屋的中條山[1]，

吹拂著你曾和顏悅色的笑容；

那麼把泌陽盤古山[2]作為宣言，

加注為你對部族萬民的恩寵。

你彌留的眼睛留下美的時光，

讓後代在每個清晨對你景仰。

1　中條山是中國山西省南部主
　　要山脈之一，呈東北──西南
　　走向，位於山西省永濟市東
　　南。

2　盤古山地處桐柏山脈北陸，
　　今河南省泌陽縣盤古鄉境域。

［58］

女媧為帝

是否因你的詩，沉重了你的心，

去把語言和憂傷更深的埋葬；

你的手探向夜空虛無的背影，

總是在寂寞屋簷下消磨時光。

你愛的伏羲已離開人世和家，

離開久負盛名的故土和都城；

你會在高處和他有祕密對話，

接過他至尊的權杖他的責任。

而你將以神的語言締造大愛，

在莊嚴的新都汝陽[1]攫取神示；

那些部落首領將會自動前來，

聽取你智慧仁政激昂的宣誓。

以你為大，那從內到外的目光，

看到你女皇心中內斂的華章。

1　在河南西部，今河南洛陽市
　　汝陽縣。女媧在此接過伏羲
　　留下的政權。

〖 59 〗

拯救萬民

當歷史沉寂的冰川慢慢融化，
那遙遠雪山露出猙獰的容顏；
當海洋上升，洪水入侵的當下，
你和部族遭遇了空前的災難。
就這樣，人們在毫無防備之際，
被突然來襲的洪水無情帶走；
許多族人葬身酷夏的洪水裡，
沉浮於一段淒婉的時光鴻溝。
女媧淚如泉湧，心中無比憂傷，
帶領族人砍倒了時間和樹木，
綁製簡易的木排和生的希望，
讓被困的青年男女獲得救助。
因於你智慧仁德的高貴殿宇，
譜寫你遺愛萬民的美麗曲章。

⟦ 60 ⟧

卵玉[1] 孕嗣

你就是遠方飄來的一朵白雲，

是歲月托著的結滿子嗣的蛋，

你名字叫卵玉，佈滿五彩神韻，

佈滿了天地萬物祥和的光環。

你就在女媧指引下習得天機，

沿襲黃河溯源而上，用你母愛，

尋找金色秋天那飽滿的桃子，

而你吞食後生育了子嗣後代。

其實，這並非想抹上神奇顏色，

為孕育子嗣找到理由和藉口；

就像鐵、鋁、虎乳給予成長恩澤，

在恆定的時光，女媧暗示背後。

而因你探得天機流年的族譜，

讓你成為了永世榮昌的遠祖。

1　土家族神話裡的始祖女神，
　　也是土家族生殖女神，視為
　　生命的誕生之源。

〔61〕

女媧歸天

多少次曾看到你美麗的霽顏，
擦亮了遠古黯淡失色的天空；
彈奏的音律宛如絢麗的光斑，
在風陵渡[1]種下了永世的福永。
你早年為妻，助伏羲旗開鼎泰，
半生為皇，普照大地恩惠百姓；
就像你這安靜而祥和的離開，
乘坐鑾駕越過太陽明媚金頂。
所以你對離去並不怎麼生悲，
因為萬民已經在內心中塑立，
你亙古不變的肖像以及石碑，
然後點燃墳燈，照耀一部歷史。
而以青春和生命餵養的太陽，
將發出普照大地的萬丈光芒。

1　據記載，女媧在位執政共計五十五年，病逝於女皇五十四年（戊子，公元前 7653 年），女媧死後葬在風陵渡（今山西運城市芮城縣西南）。尊號女皇，廟號女媧。

〔 62 〕

豐功偉業

你望著遙遠蒼宇來去的軌跡，
創造天文曆法，開闢氣象預測，
你製作琴瑟禮樂和發明文字，
開人類禮樂以及典史之先河。
你以大愛安奉四方行政為民，
讓原始狩獵轉變為家畜馴養；
你養蠶繭，抽絲織布縫製衣襟，
教人捕魚織構那打曬的漁網。
這樣，你披著樹皮編織的蓑衣，
栽培引種的野生芥麥和牧草；
與以獸皮為信物娶來的妻子，
並肩攜手，為人們作農耕指導。
對於這些，這詩的淡薄及淺顯，
無法書寫伏羲政權[1]文明大篇。

1　伏羲女媧政權共傳七十八任帝，立國兩千七百一十七年。

〔63〕

先祖咸鳥[1]

那麼在你這無跡可尋的深夏，
將如何看到緊緊囤積的過去；
你望著大風無盡飄泊的天涯，
宛如一段無法停滯的怨恨曲。
你總為自己的年華感到不安，
如同生命在歲月的一次轉場；
你希望為族民留下潔白巫鹽，
留下幸福愉悅以及富足安康。
所以，你從沒厭倦奔波的命運，
在那亙古，但倉促而短暫旅程，
你咸鳥運送鹽丹[2] 的憨厚真淳，
化為清澈的宇宙，那漫天星辰。
付出，很多時候並不是為自己，
更多在於活著的意義和價值。

1　《山海經・海內經》云：「西
　　南有巴國，太皞生咸鳥；咸
　　鳥生乘釐；乘釐生後照，是
　　始為巴人。」咸鳥是伏羲後
　　裔。咸鳥是開闢巫山鹽業和
　　丹砂的人。

2　即食鹽和丹砂。

64

阿尼沁山[1]

阿尼沁雪山啊，你離心中很近，

已經在你曾結滿陽光的歲月，

聽到你的喘息，你無聲的沉吟，

積滿了一場義無反顧的大雪。

你是巴人慈愛而包容的聖山，

純潔的體內一定蓄滿了祝福；

你是巴人心中最聖潔的宮殿，

停滿那祖先風塵僕僕的墳墓。

而今晚，將以詩歌的名譽走來，

在黯淡的時間背後寄望永生；

並賦予著一種屬性，那就是愛，

構成部落心靈裡神聖的圖騰。

所以接近你就是接近你內心，

守望你就是守望種族的生命。

1　阿尼沁雪山是巴民族後裔土
家族人心中的聖山，人們認
為它與天最為接近，視其為
地域保護神，是族人靈魂寄
存的地方。

〔65〕

巴涅察七[1]

偉大的祖先棲居於遙遠北方，

接受大自然仁慈廣博的捐贈；

這巴涅察七日夜奔波的丹江[2]，

掛滿美麗明亮而喜悅的星辰。

當極寒顛簸的身影突然來襲，

冬天的白雪像死神危及生命；

大地顫抖，在悄無聲息地哭泣，

飢餓就像結髮夫妻如影隨形。

就在那雪白分明的寒色山崗，

巴涅察七年邁阿涅[3]悄然離去；

帶著疲憊走向那溫暖的地方，

不停唱述著部族古老的歌曲。

當飢寒把折磨人們視為職務，

死神就像婊子，讓人憎恨厭惡。

1 巴涅察七是巴民族後裔土家族人傳說中的守山之神，曾率領土家先民遷居南方。

2 丹江，全長四百四十三公里，古稱丹水、淅水、粉青江、黑江，發源於秦嶺地區(陝西省商州市西北部）的鳳凰山南麓。

3 阿涅是土家語，母親的意思。

〔66〕

夢中南國

巴涅察七望著阿涅悲慟萬分，
七天徹夜的哭泣感動了天地，
夢中的阿涅告訴你南國茂盛，
那丹山¹如何溫暖美麗及舒適。
阿涅說，山裡有只白色的老虎，
那裡安定，是人神共居的地方，
那裡沒有飢寒，四處充滿富足，
那裡是遠祖曾經居住的故鄉。
於是，梯瑪²向部族發出了吶喊，
人們就圍著給予暗示的母親，
跳著撒爾呵³喪舞，在雪地狂歡，
踩著白虎足跡，發出召喚聲音。
而以你的夢境去占得的先機，
將是原始信仰及幸福的開始。

1　丹山也稱靈山，《路史·後紀
　　十三》注曰：「丹山乃今巫
　　山。」是最早產鹽和丹砂的地
　　方。

2　梯瑪是請神敬神的人，早期
　　集政治、文化、經濟為一
　　體，是連接土家族人和天神
　　的使者。後來專管祭祀、祈
　　福、驅邪事宜。

3　撒爾呵就像一種詞牌，有獨
　　自的韻律，是土家族生活裡一
　　種具有藝術性的原生態喪歌。

67

輾轉南遷

這樣你赤裸的身影帶著寒冷，

帶著部分願意遷徙的三苗族[1]，

在夢境建築遺芳後世的銘文，

刻滿一道隱喻了多年的虎符。

你們穿越漢水流域阡陌大地，

用行走書寫離鄉背井的堅強，

開啟飄搖時代里民族的盛世，

尋找那丹山永恆的夢中家鄉。

這是一段多麼泥濘的道途啊！

那一路蜿蜒曲折叩響的跫音，

彷如你滿身血淚的青春年華，

不停流放中疲於奔命的呻吟。

這與死亡和惡劣環境的抗爭，

是伏羲後代不屈的生命體徵。

1　三苗族的組成是蠻、濮、巴
　　三個民族，後來與巫山一帶
　　土著共建了巴國。

⟦ 68 ⟧

棲居雲夢[1]

這是個遠離疾病死亡的地方，

是你們久久盼望的海市蜃樓；

而那靈光迷離的時間的前方，

是片安定祥和而豐盈的綠洲。

是啊，你們已經遠離寒冷之地，

跨越了崇山峻嶺、險灘和長河，

回到這一個祖上富裕的故里，

來到了繁衍後世的雲夢南澤。

你疲乏不前留居的洞庭湖畔，

裸露你打曬時光的偉岸身影；

那一片不斷開耕收穫的稻田，

種滿了三苗不屈不撓的大音。

如果磨難是一切幸福的源頭，

獲取就是歲月對生命的仁厚。

1　這裡的雲夢是指湖北和湖南
　　之間的雲夢盆地，處於長江
　　三峽地帶，早期巴人居住地。

〔69〕

巫山之丹

你一直都在被發現以及利用，
就像一絲瀰漫風華的訊息裡，
那無數紛至沓來的腳步聲中，
一場前所未有，發掘販運的利。
你丹砂[1] 資源是那麼豐腴茂盛，
是那麼名聲大噪而引人矚目；
而你的存在成為巫載[2] 的根本，
及賴以生存的主要經濟支柱。
由此，你在這惟利是圖的日子，
為自己高尚人生種下了災禍；
讓那蠢蠢欲動的目光，望向你，
望向這巫山的富足以及遼闊。
在這個薄命艱辛的歷史進程，
沒誰是敢說自己是永久主人。

1　丹砂即硃砂，又稱辰砂、丹
　　砂、赤丹、汞沙，也叫硫化
　　汞，是一種天然礦石，大紅
　　色，有金剛光澤及金屬光
　　澤，屬三方晶系，有鎮靜催
　　眠作用，有解毒防腐作用，
　　外用能抑制或殺滅皮膚細菌
　　和寄生蟲。汞與蛋白質中的
　　疏基有特別的親合力，高濃
　　度時，可抑制多種酶和活
　　動，進入體內的汞，則主要
　　分佈在肝腎，對肝腎有損
　　害，並可透過血腦屏障，直
　　接損害中樞神經系統。

2　巫載是居住在巫山一帶的原
　　住民部落，巫載部落首領為
　　巫王。巫王統治的巫山一帶
　　為遠古時代的鹽業大國。

〔70〕

靈山十巫[1]

而你天生是人間萬物的主顧，
並擁有一個違禁取利的姓氏；
你們將會行走在尋藥的路途，
譜記在靈山常年採藥的故事。
這樣，你們十巫將會長居靈山，
用日夜不休的辛勞躬耕宿命；
尋找帝王聖藥丹砂以及巫鹽[2]，
慰藉人類那探尋不止的神經。
你們還肩負著另外一個職責，
守衛著天帝精貴的神仙聖藥；
那年代久遠，光影歲月的史冊，
是你與神靈共同謀算的訃告。
你們能去預估時間，醫治別人，
但你們不能主宰生命的進程。

1 靈山也稱丹山，《路史·後紀
十三》注曰：「丹山乃今巫
山。」根據任乃強前引《山海
經·大荒西經》裡關於巫
咸、巫即、巫盼等十巫去靈
山(巫山)採藥的記載，巫盼就
是到巫山採藥，從而改進巫
泉煮鹽和開採丹山硃砂的祖
師。

2 巫山境內最早開發的寶源山
泉鹽叫巫鹽，乃三大鹽泉之
首。三大泉鹽分別是巫山先
寧廠鎮寶源山泉鹽，郁江流
域彭水縣郁山鎮泉鹽以及清
江中游長陽境內的「鹽水女
神部落」所據有的鹽水泉鹽。

71

伏於先夏

於是在你這龍蛇遊走的經年，
漸漸立於躡藏你行徑的夢野；
那起伏不止的胸腔勾陳畫面，
是繁衍生息，子嗣萬千的福澤。
你深鎖王族的容顏附於先夏[1]，
做他居心叵測的部落和奴臣；
你守著大地古老的青春韶華，
用時間靜守飢腸轆轆的躬耕。
而你世代棲居的艱難的歷史，
就像你紋理鐫刻的一道年輪，
記錄著部落文化收容和散失，
譜就發展壯大和安詳的新韻。
那麼你何必賣弄你青春風情，
冷落了你王族的至尊和雄心。

1　夏朝（約前 21 世紀到前 16
　　世紀）是中國傳統史書中記
　　載的第一個中原世襲制朝代。

72

龍蛇[1] 巴人

當一切高懸的大地奔襲而來，
那久遠而古老的你不再荒蕪；
當一切倒轉的湖水蓄滿深愛，
那天空流動的白雲不再沉浮。
而這關於你血液蘊藉的基因，
關於你宛轉悠揚清秀的骨骼，
連構的山巒展示你彪悍血性，
建築你一個即將崛起的王國。
那麼就請用祖先遺留的家譜，
一次次排列重組，精細的演算；
以你作為時代的開始和結束，
以龍首蛇身的肖像為你代言。
這樣，你那奇蹟般的巴人圖騰，
將展開一個民族偉大的進程。

1　以龍蛇為圖騰，這是巴人最初
　　的圖騰象徵，早於日後清江流
　　域最大部落廩君蠻的虎巴。

73

巫巴¹ 爭訟

如果那熟諳的世道偏離軌跡，

這巫巴坐地分贓的領邦大神，

怎麼會放棄唾手可得的利益，

用理智化解彼此矛盾與怨恨。

這樣，為了平息那心中的委屈，

奏請了昏庸夏啟² 去判析公平；

而居住秭歸的孟涂³ 接受帝諭，

前往巫山解決糾紛以示分明。

那麼就請放下滑稽的爭訟啊，

記住這唇齒相依的古老誡訓，

記住這兄弟友好文字的語法，

用溫婉語言，歌唱和平與青春。

所以忍讓和寬容是人的美德，

計較將開挖勢不兩立的溝壑。

1　即巫戤和早期的蛇巴融合的
　　巴人，巫在長江三峽巫山一
　　帶，蛇巴居住在雲夢盆地洞
　　庭湖一帶，是上古時代附屬
　　夏朝的兩個不同部落。

2　夏啟建立了中國歷史上第一
　　個朝代——夏朝。啟在位九
　　年，病死，葬於安邑附近（今
　　山西省夏縣西池下村裡）。

3　涂是夏啟的大臣，居住在現
　　今宜昌市秭歸縣東七里。

❴ 74 ❵

苗蠻[1] 集團

風塵中，你們不得不開始結盟，
不得不讓自己學會高瞻遠矚，
學會守護屬於你們幸福的夢，
以及這一片來自不易的疆土。
你們按照締約建立苗蠻集團，
在生死相依的歲月捍衛利益；
而你們將會和一個時代結緣，
讓鮮紅熱血染色安寧的日子。
這樣，你一定不會讓後人遺忘，
暗沉的月華下，你起伏的平仄；
就像那一場風雨欲來的淪喪，
一張憔悴的淚臉，無眠的夜色。
你有用生命保護族民的勇氣，
但你還缺少保護他們的能力。

1　苗蠻是遠古時代中國南方諸氏族、部落的聯盟泛稱。最早活動範圍在西北達丹江流域，川東及鄂、湘、贛、皖的沿長江流域，東抵淮河流域，集結在彭蠡(今鄱陽湖)和洞庭之間。是巴、蜀、楚等國祖先，屬於漢族支源，其中又分化了苗族和土家族。

75

洞庭之戰[1]

當那慾望與邪惡密佈的箭雨，
穿透你巴蛇風聲鶴唳的天空；
那掠過洞庭湖[2]水悲愴的身軀，
充滿勢如破竹無路逃逸的痛。
這種傷是那樣讓你耿耿於懷，
讓你森然的目光沾滿了哀號；
你和你同類是那樣委屈無奈，
在那如影隨形的復仇中跌倒。
你看著你身首異處屍骨成山，
看著浩淼的湖面染上了凄涼；
即便你赫然復活的燦爛時間，
終無法陳述苗蠻的屈辱真相。
巴族先祖那滾過天空的頭顱，
演變成英雄后羿[3]謊言的宇宙。

1　這場由后羿發起的洞庭湖之
　　戰，實際是中原華夏部落集
　　團和苗蠻部落集團的一場為
　　爭奪資源的戰役。

2　洞庭湖在古代曾被稱為雲
　　夢、九江和重湖，位於中國
　　湖南省北部，長江荊江河段
　　以南，是中國第二大淡水湖。

3　歷史記載上有兩個后羿，而
　　此處的后羿生於夏朝時代，
　　屬夏朝東夷有窮部落首領。
　　後來成了夏王朝第六任帝，
　　嫦娥的丈夫，又稱「夷羿」，
　　他同堯帝時代的后羿一樣，
　　也善於射箭。

〔76〕

部落悲歌

所以你總是習慣了奔波遊走，
習慣了黑夜橫陳大地的骸骨；
你也總喜歡吟唱假意的巫咒，
點燃火焰展開你靈幻的舞步。
你將會因你不屑一顧的不同，
在洞庭起伏的湖畔殘盡憂傷，
以一種滿月的形式黯然於胸，
祭祀於你那黑暗堆砌的殿堂。
你堅韌倔強，擂響滿月的聲音，
沒露出絲毫孤影垂憐的悲悽；
但從你錯步低頭的清寒背影，
彷彿看到了時光流蘇的哭泣。
事實上你和任何人沒有不同，
你一樣在黑夜祭奠你的悲痛。

〖 77 〗

強遷襄陽[1]

那麼你這語無倫次的關鍵詞，

總在撞擊那鮮血淋淋的哀傷；

諸如屠殺、占領、掠奪以及遷徙，

構成你成年寄人籬下的境況。

你和你沒被斬盡殺絕的族民，

在后羿強悍而傲慢的旨意中，

被強行遷到漢水襄陽，奉行，

丹水部落酋長堯子丹朱[2]管控。

當時光像流水一樣劃過心頭，

你將變得越來越偉岸和深沉；

你心裡一直就渴望一種自由，

就像從沒放棄的努力和抗爭。

時間將是最好的事實和證明，

失敗是命運之神的良苦用心。

⟬ 78 ⟭

奴役時代

從你這悱惻難言的苦難伊始，
就看見了你愈積愈深的時光，
輕而易舉陷進了江河的身體，
就像日月及部族撕裂的憂傷。
而后羿就一直希望找到藉口，
在你艱辛的命途裡獲取滿足，
用弓箭開啟一場孤獨的遊走，
或者，建立你更為幽暗的冥府。
那麼在這被奴役統治的社會，
哪裡還有活著的自由和湖川；
你勤勞勇敢憨厚樸實的光輝，
裝裱成人家自以為是的野蠻。
這就是你曾養家餬口的時空，
那一個歷史裡巴民族的苦痛。

⟦ 79 ⟧

哭嫁[1]之歌

你春風復甦的大地青翠欲滴，

為流浪的遠古賦予綠的色澤；

在那青春美麗而明媚的日子，

落滿阿達與諾巴海[2]愛的月色。

但這個懦弱而被奴役的部族，

美麗女子是別人豔羨的春夢；

那丹水部落的王子派來部屬，

要將阿達娶進他華麗的帳篷。

阿達有些痛苦，梯瑪有些慌張，

為了部落她淪為愛的犧牲品；

不捨的阿達夜以繼日地悲唱，

那十姊妹[3]陪著阿達痛苦涕零。

從此，阿達十姊妹哭嫁的日子，

成了愛情和親情的偉大定義。

1　哭嫁是土家族婚俗，沒出嫁之前十一二歲就要學哭，在出嫁前一個月就會邀請十個閨蜜好姐妹一起陪哭，傾吐離別爹娘之苦。

2　阿達與諾巴海均為土家語人名，是早期巴部落一對相愛的男女。

3　十姊妹即陪十姊妹，土家族婚俗。而男方有陪十兄弟的風俗活動。

80

守衛愛情

愛到極致，思念是痛苦的根源，
時間背後，是壓抑不止的憂傷；
那沒阿達的諾巴海坐臥不安，
可憐的阿達在異族接近死亡。
當風把天空雕刻成歲月傷痛，
染成秋天裡暗暗發黃的思緒，
諾巴海在一個朦朧的夜色中，
辭別了寧靜的部落悄然離去。
這樣，就在那裏滿屈辱的帳幕，
諾巴海用劍殺死了異族王子，
帶著阿達消失在記憶的夜幕，
用這淒美愛情譜寫血的故事。
從此，部落間再也沒有了安寧，
鮮血大地響起了戈鉞的脆音。

81

遷徙巫山

當時間鎖滿巴族的辛酸屈辱，
你望著遠處無數躺下的祖先，
不得不為部族謀劃新的出路，
分散走向大巴腹地以及巫山。
那麼就用大地歲月鏗鏘的紙，
畫出動盪後劫難求生的符咒；
醮滿烈火和血淚飲成一首詩，
抑或一曲長歌的挽留和奔走。
這些剩下的遠祖逃難聲音哦，
匯聚成瑟瑟長江淒苦的容顏；
而這一段竹馬遙響的歷史哦，
將占卜遷徙途程回轉的流年。
關於從大巫山出去返回方向，
將開啟巴族盛世年華的榮光。

⟦ 82 ⟧

駕舟西逃

那麼你召集販鹽善汹的部族，
跨上一段狹窄而悠長的木舟，
在平仄離奇的水面不停汹渡，
向著遠祖那早年的高地遊走。
你已經無暇細顧峽江的風光，
就像不曾打量你黯然的魂魄；
你沒有攜帶任何的重裝行囊，
就像你輕裝簡從的一段沉默。
而在這條顛簸曲折的水程裡，
你在想像故去那糾結的訟爭，
有一段你提及又放下的故事，
有一場被發現被驅逐的戰爭。
但你在逼迫中已經無路可行，
必須在附巫寄居中獲得安寧。

⟦83⟧

重操舊業

你將在時間裡走出失敗陰影，
在一個忙碌的風塵逐漸復甦；
那樣你將忘記過去，演繹安靜，
在紛繁複雜人生裡，重建王土。
你會沿襲江河支流直抵長江，
用你輕舟熟路而特有的技藝；
販賣來自不易的泉鹽和丹礦，
慰藉經年裡嗷嗷待哺的日子。
而對於一些流亡傷感的遭遇，
你並不會覺得會有那麼重要；
那些如何悲壯和血腥的過去，
在你張揚的青春裡落下句號。
忘記痛苦是對你最好的嘉勉，
別沉淪，前方才是永恆的春天。

〔84〕

緬記祖先

而你那遙遙的追憶以及緬記，
早記不清楚你祖輩咸鳥模樣；
那多年圍追堵截不斷的遷徙，
是闊別巫山故土多年的離殤。
就像幾千年前那炭火焚燒後，
你額頭勾畫的痕跡以及圖語，
構成你乘釐[1] 潘盛時光的代溝，
那樣無法交流，無法重歸故去。
而這些最早記載的文字語言，
將證明巴人高貴的龍蛇形象，
證明你蛇身屈曲的人面容顏，
證明你風姓家族耀眼的鱗光。
但是，即便你有無數王的象徵，
你終不能碌碌無為坐享其成。

1　乘釐是咸鳥之子，巴人直系
　　先祖。

85

依附巫截

當你前代壯年的榮華和富貴，
被一段波光瀲灩的私利獵殺；
當故土的遺愛被烈焰所摧毀，
你不朽的天空已寄巫截籬下。
而巫王收容接納你全部幽恨，
是一場部落血脈相依的經歷；
構成一個演化和突變的過程，
褪下蛇巴[1]疲憊中豪華的外衣。
這並非無可奈何及委曲求全，
因共同利益契合生存的法則，
而命運就像棲居心頭的大山，
連綿著巫山[2]永無止盡的夜色。
你將收取時間的利息及關愛，
做老謀深算永不賠本的買賣。

1 巴族最早的氏族圖騰是蛇，
在沒進入武陵地區的時候為
蛇巴人，後在洞庭湖戰役之
後，遷居武陵地區。

2 巫山山脈位於渝鄂交界區，
自巫山縣城東大寧河起，至
巴東縣官渡口止，綿延四十
餘公里，北與大巴山相連。

〔86〕

巫山峽影

你波瀾不驚，流水熙攘的姿態，
在折戟沉沙的日子踰越峽關；
那江面落滿白雲長風及霧靄，
露出曦光你淺笑低吟的歡顏。
你就是遙遙凝望的清秀女子，
讓日為你褪下薄霧般的裙裾，
用光芒裝飾嬌豔潤滑的胴體，
為你吆喝上一段鏗鏘的歌曲。
風將望著你溫柔細膩的眼眸，
用顫抖指尖撫摸你聖潔肌膚；
這樣，那段並不腐朽的獨木舟，
一次次穿越峽江沉寂的山谷。
而這年代久遠遙遙穿梭的岸，
已烙上遠祖販運巫鹽[1]的吶喊。

1　寶源山鹽泉，在巫溪境內，
　　巫溪發源於大巴山，而這裡
　　所產的鹽稱為巫鹽。

﹝87﹞

後照始巴[1]

當你風姓王族的大廈已不在，

洞庭遠逝的足跡裝點成憂傷；

那麼千年你決絕流浪的年代，

將如何聚攏四分五裂的時光。

所以，你這個人首蛇身的後照，

怎麼能把你高貴的血統玷污；

你得舉起強壯的臂膀和喧囂，

復辟你家族流年的王道樂土。

這樣，你將帶領你堅強的部落，

及你莊嚴而神性的巫術語言，

以此暗暗勾畫你版圖的輪廓，

以此建立你同心同德的河山。

而你的名義和姓氏深植心中，

演變成巴姓疆域激越的洪鐘。

1　後照始為巴人，後照是巴人
　　直系祖先。

〔88〕

分領黔中[1]

你一直不相信在這洶湧暗夜，
如何將息著尚無定論的歷史，
以及你一再向下探望的內核，
綿延不止的山樑，深重的呼吸。
你聽到血液暗暗流動的聲音，
攀折於這沉鬱而婉轉的時空；
那一直趨步向前，不止的行進，
讓一種昌盛開闢入主的黔中。
因此，你獲得大片耕種的河山，
讓族民可安居於壯闊的樂土；
你獲得大宗供養生息的資源，
在落筆成王的年代集合幸福。
沒有誰願意永久停留於原點，
萎頓了因久旱而飢渴的心願。

---

1 今湖北恩施、重慶、貴州、
雲南四地交界部分為黔中。

89

郁江[1] 流韻

郁江，你那清澈而透明的古韻，
傾訴著一個完整的逆流故事；
就像那一絲不屈不撓的光暈，
在深不見底的心裡留下胎記。
對於長江，你就是她忠實子民，
是荒古歲月扶搖直上的眷戀；
你那奔騰的浪花，暗藍的心靈，
是溫和水面微微氾濫的孤單。
或許你只是稍縱即逝的角色，
最終在歷史的舞台慢慢落場；
而那漫天星辰，你明媚的色澤，
是歲月一直不能泯滅的信仰。
這樣，你永恆不退的艱辛流年，
構成對土地無私無慾的愛戀。

1　郁江是湖北恩施利川第二大
水系，發源於利川，其主要
源頭有三：一為後江，源於
佛寶山梅子坪五道河；二為
前江，源於佛寶山月泉壩；
三為革井溪，源於高峰山中
溝。郁江在利川境內幹流全
長九十點一公里，流域面積
達一四七八點二平方公里，
由東北向西南「倒流三千八百
里」後，在重慶市彭水郁山
鎮注入烏江，最終匯入長江。

90

郁山¹之利

你這因郁江蔥翠得名的郁山，

擁有鹽泉²資源，讓人仰瞻的美；

就像你一直都在盛產的時間，

盛產的丹砂和泉鹽以及人類。

而你那清晰明慧的溫和明目，

蘊積了部族喜獲豐收的陽光；

從郁江到烏江³入長江的水路，

讓巴部族漸漸崛起繁榮興旺。

你就是千百年來不老的傳說，

是一首經久不息的熱戀之歌；

那道自山麓噴湧而出的執著，

仿若指尖一掬濕漉漉的音色。

你給予後代無比深重的恩義，

任誰都無法忘記，除非是孽子。

1　今重慶市彭水苗族土家族自
　　治縣郁山鎮，位於郁江河
　　畔，因郁江蔥翠、繞山而過
　　得名。

2　郁山鹽泉發現是在夏末商初
　　時代。

3　烏江，中國貴州省第一大
　　河，長江上游右岸支流，又
　　稱黔江。發源於省境威寧縣
　　香爐山花魚洞，流經黔北及
　　渝東南，進入渝東南郁山後
　　得郁江水注，後在重慶市涪
　　陵區注入長江，幹流全長
　　一千零三十七公里，流域面
　　積八點七九二萬平方公里。

〖91〗

棲居巫山

這是個多麼博愛聖潔的大山，
不僅僅包容了你所有的缺點，
還收容了關於你的蜚語流言，
收容了你積滿的憂傷和艱辛。
你將在這裡建立堅硬的古道，
或者是一條只有遠方的河流；
就像你一場深戀不棄的擁抱，
在陽光下埋入一場愛的嬌羞。
時間總會以緘默的姿態窺探，
大山內核那低迷垂首的黃昏；
而你將站在歲月流途的末端，
以不死名義面對流浪的靈魂。
這樣，你將會開闢後世的田蔭，
滋養你的生息，你的祥和寧靜。

［92］

魚鳧¹巴族

你除用諳熟的船技販運巫鹽，
還豢養相依為命，捕魚的魚鳧；
你在川江逆向行舟潮抵平原，
無可厚非地獲取頤養的豐物。
你這魚鳧巴部落²會穿越峽江，
與同宗的鱉靈巴人³一同遷徙；
在奔湧而出，迤邐壯闊的高崗，
竟輕易嵌入你們共建的故事。
而那沿途留下的足跡和地名，
將讓時間憶記起勤勞和智慧；
你早年一直誦唱的喋血柔情，
變成你以逐其利的榮華富貴。
你一切唾手可得的龐大利益，
除了運氣，一半是來自於努力。

1　魚鳧學名鸕鶿，即今川東一帶漁民常用來捕魚的水鳥，又名魚老鴰。

2　在今奉節一帶生活著巴族的一支，他們除了以魚鳧捕魚為生外，同其他兼事販鹽的巴人一樣，也沿長江而上，直達川西成都平原，從事巫鹽販運，以逐其利。

3　鱉靈巴人就是濮人，與魚鳧巴人一同西遷，到涪陵，上烏江，進入貴州遵義地區建立了另外一個國家。

93

奉節鹽泉

在你枯榮綻謝的這個季節裡，
總會以苦大仇深的形式潰敗，
藏於梅溪河[1]深不可測的水底，
藏於懵懂無聲而深沉的霧靄。
其實你一直都盤踞在磧石灘[2]，
讓自己流淌的身姿成為結晶；
而關於你那水深火熱的流年，
是冬去春來徒自垂憐的孤影。
那麼後人該如何去把你緬懷，
因你養育了夔門峽江的魚族；
你如同糧食一樣獲得了珍愛，
獲得綿延不止的榮譽和幸福。
沒人會在時間長河把你忘記，
你的高尚完全在於博愛無私。

1　梅溪河位於重慶市奉節縣，
　　是長江一條小支流，其與長
　　江交匯處即時聞名遐邇的長
　　江三峽。

2　磧石灘即魚復浦，奉節曾用
　　名魚腹、魚邑等。魚復浦位
　　於奉節縣城東一公里的長江
　　北岸第一級階地上，是一塊
　　長二千五百米、寬八百米的
　　磧石沙灘，呈魚腹狀。

94

巴人船語

那些關於你訊息的船紋圖案[1]，
成為你經年勞作的傳國記憶；
而那樹立著象形符號的木船，
是一直以來涉水躡岸的足跡。
你始終以那迎風而立的姿態，
攜帶曾與你一樣勤奮的魚凫；
留下你一聲不為人知的暗喘，
一些生動而無法破譯的語符。
而關於裡面顯而易見的內容，
常被認定是巴人的祭祀符號；
那合而為一暗暗推測的物種，
隱忍著某種不言而喻的昭告。
但是，這並非在怪你詞不達意，
是後裔那簡單而複雜的猜疑。

1　船形符號常見於巴人的眾多
　　器物中，這件淳于上的船形
　　符號卻包含了非同尋常的內
　　容，但至今讓人無法破譯，
　　作出清晰的定論。

95

弓魚巴族

當你變得不再相信這個世界，
你開始依賴販鹽和射魚為生；
當太陽月亮更迭的光影傾斜，
逐漸暴富的部落站穩了腳跟。
你實際是古巴族的另一宗支，
是用弓箭射魚的弓魚巴部落[1]；
你毫不費力地直抵漢中盆地，
在漢水流域開啟了新的生活。
你還善於製作一些尖底器皿[2]，
盛裝你一生鬱鬱蔥蔥的時光；
而那帶繩的戈箭崩脆的聲音，
將集結著你聰穎智慧的光芒。
這個世界將沒有誰能夠幫你，
要想去獲得幸福，除了你自己。

1　在夏商時一支以弓箭射魚捕
　　魚、販鹽為生的巴人，稱為
　　弓魚巴部落。後離開長江三
　　峽巴族祖居之地北上，沿任
　　河入漢水，溯江而上，在漢
　　中盆地建立了新的聚居地。

2　從川東、鄂西及至川西，凡
　　夏商時期早期巴文化遺址，
　　都有其代表性器物——尖底
　　器，或尖底杯、尖底罐、尖
　　底缽，還有種屬尖底器的變
　　種，即底下加小圈足，在城
　　固五郎廟遺址就有這種圈足
　　罐。這些器物與屬四川魚鳧
　　巴人在川西建立蜀國的新繁
　　水觀音遺址所出尖底罐相同。

96

巴鹽中興

當你探索不止那躬耕的目光，

瞄向更深的疆域更深的水底，

你發現了南北集渠[1]麇集寶藏，

讓鹽泉勾兌亨通人世的大利。

但你沒滿足不耕不織的歲月，

玷污了日夜進取的偉大血統；

你將用智慧及勤勞不斷髮掘，

敲響你人生最為絢麗的洪鐘。

而依附巫載，沉甸的販鹽步履，

宛如你從不低頭的真實寫照，

而你曾背對天地僵立的身軀，

暗藏著風生水起的故國王道。

這是多麼攸關部族的契機啊！

你將備加珍惜租賃而來的家。

1　兩處為古鹽產地，南集渠在巴東郡南浦僑縣西，今萬州長灘井鹽泉；北集渠在雲陽，雲陽縣的雲安井，今彭溪的胸忍鹽泉。兩處合稱為南北集渠。

〔 97 〕

取代巫鹹

沒有誰是你時間永久的主人，

你也不會是心甘情願的奴隸；

用夜以繼日不辭辛勞的餘生，

消磨所剩不多的謙遜和微利。

你得拿起歲月的祖先的銅戈，

驅遣那征戰的馬匹，標誌強大，

去建立巴族潘衍後世的江河，

占有巫鹹寶郁鹽井[1]以及天下。

沒誰敢罵你綿薄無情的戰亂，

因為生存是部族的至高使命；

當你為主人，當你已足夠強悍，

歷史進程的車輪會自動前行。

只不過你依然像苦命的僕人，

改變不了勞碌的境遇和命程。

1　分別指巫溪縣寶源山鹽井及
　　彭水縣郁山鎮鹽井，兩處鹽
　　井是川東發現得最早的鹽
　　泉，大約也是人類發現得最
　　早的鹽泉，「因而由它所形成
　　的文化核心也最早」。它們的
　　被發現與開發的時間大致也
　　是在虞夏時期。

98

大地之淚

有人說，你是大地的一滴眼淚，
那一直潛伏徐徐而行的憂傷；
你結晶一樣含蓄的白色花蕾，
在坎坷的浮沉和煎熬中綻放。
而堅韌的傷口上流動的音符，
來自於這涂井和涂井[1]的繁欣，
那因汲水熬鹽而獲取的財富，
將開創部族富足昌盛的大音。
所以，你不要一直述說著疼痛，
學會在艱難浮生中尋找希望；
更不要讓那臨死掙扎的夜空，
枯竭了你曾無上極愛的幻想。
沒有人願意看你流淚的眼睛，
更希望看到強大明亮的心境。

1 涂井和涂井兩處泉鹽均坐落
在今重慶市忠州境內，是巴
民族進入武陵地區，開闢黔
中文化後發掘的兩處鹽井，
改變了整個巴民族命運，因
鹽逐漸強大中興。

❲99❳

苾禾茶孕[1]

你與族人在峽江霧繞的山巒，

過著自由愜意而富足的日子；

你望著茶樹的微露晶瑩璀璨，

就像豐滿的唇瓣吟哦的句子。

這樣，你溫雅的手探向了天空，

輕採下清明大地蔥鬱的葉片，

放進你飢渴難耐微啟的口中，

慰藉處子情懷，婉轉羞澀韶顏。

而你因茶樹甘潤的葉芽受孕，

生下八子一女聽憑上天命程，

讓他們棄養的天命接受滋潤，

在白虎餵奶撫育中養大成人。

其實這無孕而育繁衍的生息，

構成你尊重自然的生命大義。

1　《梯瑪神歌》記載，在古峽
州山南的雲霧茶山居住的一
位勤勞美麗的姑娘，名叫苾
禾。因喫茶葉而受孕，生了
八子一女，被土家族人奉為
生育女神。

100

殺人血祭

這個人祀血祭時的血腥場面，

總藏在某道嗜血如命的山樑；

就像一件不為人知，延傳多年，

這是洛蒙厝托[1] 所記述的憂傷。

那是沒有白水牛血祭的日子，

你們八兄弟虔誠惶恐的內心，

怎能為了不耽誤這一場祭祀，

把啞弟殺死，去血祭虛無聖靈。

這樣，你們就被驅趕出了家門，

讓你們搶走的剪刀、缽頭、牛角，

鑼槌、鼓槌、鼓兒、掃帚及竹簍等，

變成了你們配以卵蒙[2] 的名號。

那寧犧牲親人也不得罪神靈，

只能證明你懵懂、愚昧的人性。

1　土家古語，即人沒屋坐的意思。

2　卵蒙即人的意思。

{ 101 }

八部天王[1]

你們血衣帶親的胞妹安居於，

卵特巴[2]華麗堂皇的高大王庭；

而你們也被至高的權力所驅，

去接受為他建築宮殿的使命。

你們天生神力，擁有超人智慧，

讓那天下所有的人心生景仰；

但姻親的他感到嫉妒與羞愧，

演繹成明爭暗鬥的故事境況。

那麼於你們降臨已具備傳奇，

就如同彪悍的力量不屈性格，

構成了違禁取利敷衍的措辭，

構成妄加評判無因由的指責。

當你們那種強大威脅到別人，

那麼就已經為自己種下禍根。

1　土家族祖先八部大王的母親
　　苡禾吞了神賜茶葉，生下八
　　個兒子和一個女兒。八兄弟
　　分別為大哥尖尖卵蒙，剪刀
　　人；二哥戌客卵蒙，牛角
　　人；三哥砂缽卵蒙，缽頭
　　人；四哥鑼棒卵蒙，鑼棒
　　人；五哥黑棒卵蒙，鼓槌
　　人；六哥黑比卵蒙，鼓兒
　　人；七哥舍克巴卵蒙，掃把
　　人；八哥攬篆卵蒙，攬篆
　　人。八部天王也叫敖朝河
　　舍、西梯老、西呵老、裡
　　都、蘇都、那烏米、攏比也
　　所耶沖、接也飛也那飛也，
　　或者叫破西卵蒙、刀太卵
　　蒙、澤豐卵蒙、拜爾卵蒙、
　　羅陀卵蒙、那祖卵蒙、比耶
　　卵蒙、巢祖卵蒙。

2　八部天王的妹夫，一個擁有
　　權勢的人。

102

八寶銅鈴[1]

1　八寶銅鈴原為八枚銅鈴裝
飾，傳說它像徵八匹駿馬，
後被漢人、苗人各拿走一
鈴，還剩六鈴，故在木柄一
端雕刻馬頭，頸繫紅布條為
馬鬃，頸下和兩側各系一
鈴，另一端也系三鈴，其間
為手持部位；今日的八寶銅
鈴，形似啞鈴，全長二十二
釐米至二十七釐米，在其木
製啞鈴兩端，各系四枚小銅
鈴，銅鈴圓球形，直徑五釐
米至六釐米，一側有環耳用
以繫掛，另一側開一字形長
口，鈴內裝有兩個鐵製圓珠。

2　梯瑪是土家語中的稱謂，即
請神敬神的人，也就是巫
師，是人和神的使者。在過
去，梯瑪是主導軍、政、神
三職合一的首領，後來逐漸
被剝離權利，就只履行對神
進行上傳下達的職責了。

記得在黯淡無光的武陵山區，

你們經常會受到那外族侵擾；

即便你們八姓部落奮力抵禦，

因為各行其事，導致最終敗逃。

你們開始從失敗中汲取經驗，

將選定一個統一指揮的首領；

改變獨自為政習慣，依次輪換，

來到銅匠鋪打造排位的銅鈴。

這樣，在混亂中你們排定秩序，

滿山響起了牛角號和銅鈴聲，

遵照第一個拿到銅鈴的令諭，

搶占山頭，殺退敵人，大獲全勝。

這八寶銅鈴不只是梯瑪[2]法器，

還彰顯部族和平團結的意義。

﹇ 103 ﹈

八幅羅裙[1]

你們總是被同一種惡夢驚醒，

那突如其來不離不棄的衝擊；

你們為了維護山寨長久安寧，

拿出了部落八色鮮豔的布匹。

這樣，無上華工縫製八幅羅裙，

象徵著部落大首領至高權威；

那調動兵馬護佑部族的功勳，

將滴注成遙遙山樑滿目芳菲。

你無從知曉光影漸變的來去，

如同這血雨微冷的一部祭文；

那梯瑪祭祀千折百迂的步履，

其實就是你們最堅強的象徵。

縱然你們留給這世界的很少，

但這羅裙無疑是信仰的瑰寶。

1　八幅羅裙是土老師（即梯瑪）
　　的專用服飾，是權利象徵。

104

八寶神舞[1]

那麼就穿上八色的八幅羅裙，
戴上你那羽刺衝天的鳳冠帽，
右手拿上八寶銅鈴移步星雲，
手執師刀[2]唱起那神靈的歌謠。
這樣，你將在粗獷敏捷步履中，
傾聽那八個銅鈴叮噹的聲音；
這樣將踩著你人字路線走動，
跟著旋轉的八字朝拜著前行。
而你這行巫祈神的神性梯瑪，
在整個祭舞中所表現的主題，
彷如一匹掛滿了響鈴的烈馬，
講述著遠古游牧遷徙的故事。
那優美的歌聲及歡快的節奏，
是場感情熾熱而美麗的享受。

1　八寶神舞即八寶銅鈴。

2　巫師所用驅鬼誅邪的器物，
　　柳葉刀形，手柄大環處佩有
　　多枚銅環或者銅錢。

105

將帥拔佩[1]

你得到上天神靈寵信和眷顧，
飲得了九龍神水的超強力量；
那麼你將在這個清秀的深谷，
讓日月浸潤你那奉獻的心房。
你將帥拔佩力大無窮的英雄，
能把整個茂密深林連根拔起；
即便最為凶猛的老虎和野熊，
在你自信的眼中也絲毫不敵。
這樣，你在那強暴來襲的夜晚，
帶領部族拿起了反抗的長矛；
你懷抱大樹讓對手聞風喪膽，
贏得了勝利，贏得了英雄稱號。
這不畏強暴英勇反抗的鬥爭，
是一個民族值得彪炳的精神。

1　將帥拔佩是古代的土家族英
　　雄，也被稱為科毛巨人，傳
　　說他因為喝了九龍神水，是
　　一個力大無窮的人。

106

魚鳧蜀國

你們開始順延長江逆行而上，
帶領你的魚鳧巴族舉族西遷；
你折轉岷江[1]，讓一襲蹣躚時光，
穿越重山，直抵川西遼闊荒原。
這樣，你們戰勝了世居的柏族，
在成都平原建立了魚鳧蜀國[2]；
那川西三星堆[3]上寂然的塵土，
將構築為魚鳧城緘默的城郭。
你變本加厲靜謐駭人的心跳，
猶如那一道打破沉寂的閃電；
讓你隱約低沉的絮語和淺笑，
染上一觸即散的希冀及喟嘆。
你怎能預知，若干年後的晚夏，
演化為無語先哀的自相殘殺。

1　岷江是長江上游支流，全長
　　七百九十三公里，流域面積
　　十三萬三千五百平方公里。

2　大約在殷商時期，魚鳧巴族
　　舉族西遷，戰勝柏族，在今
　　廣漢市築魚鳧城，建立了第
　　一個奴隸制蜀國──魚鳧蜀
　　國。直到公元前七世紀中葉
　　才為杜宇王朝所替代。

3　三星堆在今四川廣漢市，是
　　奴隸制蜀國古遺址。

107

梅山姑娘

你還是一個善於狩獵的民族，
滿山追逐的背影騰躍著嘯音；
那帶血的長矛和明晃的箭鏃，
佈滿原始的天空生存的深林。
你梅嫦姑娘[1]總是那樣的慈愛，
常把捕獲的獵物分享給人們；
你識得鳥言獸語常受人崇拜，
因強悍擅射被部族尊為獵神。
那天，你像往常一樣上山狩獵，
守候在野獸經常出入的地方；
那天，你與老虎搏鬥那樣猛烈，
已經沒了生命，被撕碎了衣裳。
你雖離去，但勇敢慷慨的精神，
一直被你的部族後裔所傳承。

1　梅嫦姑娘即梅山姑娘，是遠
　　古巴部落人氏，因為善於狩
　　獵以及博愛的胸懷，被巴民
　　族後裔土家族先民視為心中
　　的女獵神。

108

五穀新韻

看呵，原野和高崗結滿了新穗，
五穀豐盈的春秋惹滿了陽光，
清澈河流淌過這旺盛的年歲，
引導你部族走向富足的山樑。
那麼，人們怎能忘記你的功德，
你翻越西天辛勞前來的傳記，
沾滿五穀那跋山涉水的江河，
留存大地你狗[1]尾高翹的種子。
所以，你這個五穀雜糧的精靈，
巴人世世代代最忠實的伴侶，
給了部族安定祥和以及充盈，
造就了狗尾稻穗的形象物語。
如果因為給予成為你的賜福，
對你感恩則是這部族的幸福。

1　狗是土家族傳說的五穀神，
　　住西天。鄂西土家族除信奉
　　土地神外，還信奉專管莊稼
　　的五穀神，凡危害五穀生長
　　的各種災害都由五穀神管。

109

火畬農耕

來吧，燒旺這雲霞漫天的時空，
拿上盛年鋒利的彎刀和鋤具，
在滴滿陽光的高崗、坡地、樹叢，
開啟經年那堅強農耕的序曲。
這樣，大地因為你這舍巴婆嫄[1]，
遍野金黃，物華豐盛，碩果滿枝；
而你那砍火畬種小米的方法，
成為你部族爭相傳頌的農藝。
但是，在喜獲豐收的青春流年，
你生命就像風雲莫測的時光，
被一場突如其來的炙熱火焰，
燒死在火畬地那悲悽的山崗。
你赤身裸體命運不濟的火畬，
是後世族人嘶聲力竭的祭歌。

1　舍巴婆嫄又名火畬神婆，被
　　土家族人奉為生產女神，是
　　土家族人農耕文化的創始人
　　和農耕文化始祖神。

110

西蘭女神[1]

你所有絕世的美色讓人暈眩，
宛如那遺落梭機[2]，酩酊的醉意；
你西蘭精心製作的卡普[3]錦緞，
羽化成了你執著的生命意義。
你曾織過很多圖案怎不滿足，
還默默守候在自家幽靜後園，
等那入夢浴火花開的白果樹，
編造成品行不端可悲的謠言。
你冤死的精魂，化成高飛雀鳥，
肩負起催人早耕的崇高職責；
而因你留下萬物美麗的織造，
宛如你柔美善良，遺愛的恩澤。
關於在遭遇誹謗後，你的忍辱，
只能證明別人的渺小及惡毒。

1　西蘭姑娘是土家族善於織造
　　的女孩，被尊為土家族織造
　　女神。

2　梭機即半手工織布織錦的原
　　始木製機械。

3　卡普是土家族織錦，名花鋪
　　蓋，即土家人自己種植棉
　　花，自己紡紗結線染色，採
　　用挑織工藝製作而成的土布
　　織錦工藝品。

⟬ 111 ⟭

巴山巫覡

在你那噤若寒蟬的聲色世界，

有一個歷經艱難險阻的願望，

方讓你棲息於這蕭穆的神階，

獲得了禳災避禍祈福的神光。

那麼就敬獻香火和虔誠祭品，

期望你與祖師神靈進行謀算；

這索報、祈謝、施捨的交換言行，

就轉成脫求苦難，生存的福源。

所以你是神靈的工具或僕人，

那與神進行綿延不止的商榷，

及打卦[1]求問揮舞師刀等過程，

將譜寫掐指養目沉吟的歌訣。

而你隆重簡單的印章[2]，定奉上，

慎終追遠，民族聚合的正能量。

1　卦是工具，用歠角尖做成，巫師所用問神占卜的器物。長約三寸，似竹筒，分成兩半。打卦是一種占卜形式，通常打卦的人口中唸唸有詞，把卦往上空丟，卦落地後，觀其俯仰反正以占卜吉凶。

2　巫師畫符所用的鎮邪器物，多為牛角，篆刻有字符。

〔 112 〕

巫祀靈物

硃砂是你疆域裡豐富的寶藏，
那暗含的汞物構成冶金要素；
渾身殷紅的光澤輝耀著四方，
是徹響九州大地的不老藥物。
那丹砂刻畫的字符深具靈幻，
捉鬼降魔的符籙滴滿了血氣；
而梯瑪假借於這無上的紅丹，
讓鬼魅產生了恐懼遠遠避離。
那麼就請置於這祖先的墳墓，
在瞻仰緬記的地方驅妖闢邪；
或在你生生世世居住的房屋，
啟用硃砂護佑你榮昌的歲節。
這樣，在千年沉靜安奉的地方，
祭祀你旌旗喧囂，鼙鼓的時光。

113

祭祀之舞

當太陽明媚的華光初臨大地，
你已經束上西南卡普的妝容；
就請舉起那龍鳳飛躍的大旗，
把一場祭祀送入神的目光中。
那就跟著梯瑪的歌聲和步履，
繞成開耕農事及征戰的儀仗；
把人類起源、繁衍、遷徙的故去，
刻畫成一段細膩精緻的時光。
而這擺手、擊鼓、鳴鑼，氣勢壯闊，
展示你早年粗狂、勁勇及雄渾；
而翩躚進退的群舞，喝聲嚯嚯，
宛如你青春農桑績織的音韻。
這樣，將安放祖德恩澤的目光，
聽一部原野風調雨順的詩章。

114

武落巴族[1]

你是巴族中最有影響的部族，
頑強生命力演奏著輝煌樂章；
你們總是能夠很快忘記痛楚，
迅速發掘出你的希望和夢想。
記得早年你從祖居的大巫山，
沿襲那一條深不可測的江河，
尋找如何讓自己快樂的淵源，
暗合著白虎馳騁縱橫的音色。
你從沒想到對誰妥協和告饒，
在亂世年代拚命突圍和廝殺；
你總是面對危難，以一種微笑，
用血液澆灌出鮮豔的杜鵑花。
你的強大是源自內心的堅強，
就像你一生從不流淚的憂傷。

1　武落巴族曾祖居大巫山，後
來一部分遷到四川漢水流域
及黔中地區，一部分從巫山
遷到武落鍾離山，今湖北省
長陽縣，即後來的白虎巴人。

115

香爐石韻

你永遠屹立在清江中游北岸，
望著那碧綠的流水落滿光陰；
而你千百年不曾改變的心田，
暗藏著一雙淒美動人的眼睛。
你是一個幾乎垂直的香爐石[1]，
裸露巴族人世代祭祀的音韻；
你帶江為磊固山為寨的城池，
蘊含著水墨綠黛的風雅青春。
或許，你暗夜一直仰望的遠方，
是一些擱淺歲月的隱隱綽綽；
那一丘隨波逐流的柔美時光，
將倒影墓地暗香蘊積的煙羅。
那麼詩人，不要去問你的年代，
不要問依河而建的水泊山寨。

---

[1] 因山石酷似香爐，故取名香
爐石。香爐石位於宜昌市長
陽土家族自治縣漁峽口鎮東
南零點五公里的清江北岸，
東距長陽縣城九十七公里，
地處清江中游，距清江河面
約三十餘米，是早期白虎巴
人的棲居地。香爐石遺址在
一九八三年發現，東西長
三百米，南北寬一百餘米，
總面積約三萬餘平方米。

116

繁衍後世

因依依難捨明目含情的婚姻，
你有了奉養後世的孝順寵裔；
那歲陽歲陰日月輪迴的簫音，
瀰漫於每個安奉靈魂的日子。
你常常在那深夜呢喃和夢語，
在夢中看到恬淡溫和的笑容，
看見另一種日子更多的來去，
更多的子孫和樹木一樣蔥蘢。
所以，那一切人生動力的源泉，
來自於你無比強大的正能量；
你從不服輸從不妥協的血緣，
完全傾注在巫山偉岸的山樑。
在你後裔分家析產的繼承裡，
你是大地精靈人間少有浪子。

117

安邦定族

當原始的天空滾過你的聲音，

你的詩章便在這裡獲得永生；

縱然你曾為自己寫下墓誌銘，

但於後裔這就是傳世的精神。

那麼基於這溫馨祥和的歲月，

安邦定族的流年已刻滿堅強；

在傳誦不衰的眼裡，你的心血，

在奔波道途發出蓬勃的芳香。

所以，你和時間一樣感到欣慰，

感到了族人安居樂業的夜晚，

竹林木樓裡溫靜柔美的光輝，

以及你迎面而立，慈祥的容顏。

其實這應該是你最大的榮耀，

因為你，族人的生活充滿歡笑。

118

再辟鹽泉

那接踵而至的喜訊決絕突破，
你興高采烈堅固不潰的壩堤；
而跌宕起伏慢慢襲來的餘波，
以別樣的秀雅化為你的希冀。
所以，這個溫湯井鹽泉[1]的開發，
就像你前途逍遙熱烈的情感，
滾揚著一場氣勢宏悅的喧嘩，
及販運的鹽道一張古銅笑臉。
這樣，夕陽裡一雙清輝的明眸，
仿如芬芳飄入你淺笑的心房；
那將夢境拾入長卷的吊腳樓，
讓你仄懷出墨香流韻的詩章。
而生活就像一面對視的鏡子，
會為躊躇滿志的你露出笑意。

1　在巴人進駐川東時期，除了巫溪縣寶源山鹽井及彭水縣郁山鎮鹽井兩處鹽井外，餘下七處由巴人發現開闢的鹽泉分別是：奉節縣長江南側的白鹽磧，雲陽縣的雲安井，開縣的溫湯井，萬縣的長灘井，忠縣的㲿井、涂井，長寧縣的安寧井鹽泉，它們都是從地面淡水河底湧出來的，時間大致在殷末周初。

119

巫蜓[1] 神祀

你一直在用母語講述著過去，
害怕記憶的斷層失去你蹤影；
就像祭祀時喋喋不休的咒語，
在那岩石上刻下沉默的大音。
這是一個美麗且神性的家族，
是武陵支系最重要的土著人；
你巫蜓身為巴人的支系祖母，
將永遠高舉武陵母族的圖騰。
那就深入你萬分隱秘的王國，
在功勛萬代的心靈打曬神光；
讓部族跟隨棲居山川的脈絡，
在藩籬年月用巫步走向輝煌。
但你身為這氏族通靈的女人，
怎能絕了自己血統敗毀名聲。

[1] 巫蜓是母系土著部落首領，善巫，巴山祖母，即廩君的母親。《世本卷七下・氏姓篇下・姓無考諸氏（清秦嘉謨輯補本）》：「廩君之先，故出巫蜓巴郡南郡蠻，本有五姓。巴氏、樊氏、曋氏、相氏、鄭氏，皆出於武落鍾離山。」在巴國疆域內，除巴族外，還生活著眾多不同族屬的氏族和部族，其中主要有濮、宗、苴、共、奴、儴、夷、蜓及充、魚、夔、彭、巫等部族，他們有的是土著，有的是遷徙而來。

120

星星之夜

這是個內心無比深厚的夜晚，
就像你徹夜不眠的長長嘆息；
你望著遙遠的星辰落於黑暗，
劃過的流星宛如跌落的淚滴。
你記得接過部族使命的四月，
那曾經暗暗下定決心的心頭，
因你豪情萬丈的誓言而喜悅，
成了羈押你豐滿靈魂的理由。
而你對故土的愛是那樣的深，
就像流星在宇宙顛沛的步履，
把自己碾成一道時間的印痕，
刻下一首淋漓盡致的進行曲。
這窠巢盤踞的黑夜過於寂靜，
隱藏你龐大內心下沉的足印。

第二部曲

開疆之國兮

〔1〕

武落鍾離

當陽光普照著你性感的高峰，
蜿蜒成獨立峻絕的美麗容顏；
那麼在沉默而心悸的觸撫中，
很難用筆墨描繪出你的偉岸。
那五座山峰宛如五姓的頭骨，
書寫著很山[1] 歷史沉寂的血脈；
就像長楊溪[2] 透明而下的來路，
折射出武落鍾離[3] 倒懸的詞牌。
這是個多麼年代久遠的城堡，
如橫亙心頭部落穴居的故地；
而難留山[4] 那長滿遍野的苞茅，
總有一塊至今沒枯萎的綠意。
可是，在這個斷代暗揣的心頭，
總有些疑惑讓歷史無法猜透。

1　即武落山，距長陽縣城龍舟坪三十多公里，水路相距三十九公里。

2　位於長陽縣很山東。

3　原名五落山，「五」與「武」同音，後來就訛為「武落山」。在很山東隔長楊溪有撞鐘山，古傳有鳴鐘懸於其山，因其與清江北岸的很山為長楊溪所隔離，故稱「鍾離山」。後來將武落山（即很山）與撞鐘山（即鍾離山）合稱為「武落鍾離山」了。

4　難留山在武落山，屬於很山的魁頭峰。

【2】

婦好[1] 伐巴

殷商王朝對龍蛇巴人的征討，

讓你越來越厭惡越來越憤怒；

你曾多次受傷多次無路可逃，

多次獨自對著黑夜掩埋新骨。

你顧此失彼疲於應付的妝容，

終於沒有逃脫這失敗的劫難；

在武丁[2]和婦好詭暗的圍殲中，

那埋伏的軍隊令你陣型大亂。

你逃亡巴山，淪為卑賤的奴隸，

讓那沉默的漢水淹沒了信仰；

為他們奉上女人、食鹽和糧食，

奉上日夜煎熬的苦難和憂傷。

如果失敗是苦苦垂成的珍愛，

那麼奮發將開啟遠大的未來。

1　婦好是中國歷史上第一個有文字記載的女將軍，商王武丁三個法定配偶之一，也是最有能力、最受寵愛的一位王后。

2　武丁姓子，名昭，是商朝第二十三位國王，商朝著名軍事統帥。廟號為高宗。

〖 3 〗

柳葉銅劍[1]

那麼怎樣在鏽跡斑斑的歷史，

翻陳出新，烙印這時間的銘文；

將怎樣在暗暗垂冷的血液裡，

看到你沒落或者輝煌的前程。

你在無數碰撞中擦出了火光，

那夭折的劍身或缺刃的短劍，

在一場生命垂青的激烈疆場，

好像那一盤鑄造打磨的火焰。

但你總是擺脫不了既定宿命，

躡跡於一片黝黑蒼勁的熱土；

而你柳葉翻飛和漂泊的身影，

宛如那一場悲聲力竭的啼哭。

因你令人驚悚的復辟和開拓，

將在頹廢的墓地消瘦和沒落。

1　器身呈柳葉形，是青銅器時代常見短劍。商周之際，重慶等地為古代巴國的所在，所以後來此地出土的柳葉形短劍又稱為「巴式劍」。

〔4〕

務相[1] 臨世

這是個璀璨怡人的錦繡春天，
因你的降臨帶來凌人的氣息，
讓流落的部落有了詩的質感，
從你身體中看到清晰的記憶。
那麼你慢慢移動的青春時光，
不亞於大山河流翠綠的色澤；
像手掌邊緣撲騰而上的朝陽，
裸曬出古銅大地淳樸的顏色。
你就是大山驕子翱翔的雄鷹，
那斗轉星移茁壯成長的心願，
記錄著你那晝夜流轉的丹心，
以及你長存於世的殷慧詩篇。
而因為你的存在迸發的力量，
讓部落飛旋的羽翼佈滿歡暢。

1　務相即巫蜒之後，統領巴族
　　的廩君，被巴民族後裔土家
　　族奉為祖先。

5

五姓選王

那麼這個輾轉飄泊的窮途裡，

定沒有多少時間供你去揮霍；

你將用青春壯年做你的告示，

安撫這巴山逐水而居的部落。

所以你得拿起銅劍展示智略，

按照巴樊瞫相鄭五姓的約定，

將劍準確無誤地投擲於赤穴[1]，

駕馭那雕紋刻畫的土船前行。

這樣，你宛如不曾腐朽的光芒，

高舉你歡笑和睦的赤穴佩劍，

告訴他們，你就是這廩君[2]君長，

用強壯慰藉遙遠偉大的祖先。

你不要因這權利迷失了心靈，

讓隨心所欲矇昧了自己眼睛。

1　長陽佷山有赤、黑二穴，一穴因石頭含血色，被稱為赤穴，是廩君的出生地所在。另一穴因終年無光線照射，被稱為黑穴，是巴部落四姓之子出生地所在。

2　巴氏，名務相，巴族分支，清江流域最大的部落廩君蠻首領，被稱為土家族祖先。

〔6〕

拓土開疆

你怎能醉心於這狹窄的故邑，

安然於武落深山偌大的圖境；

你得面向那更為寬廣的土地，

拿出拓土開疆的宏願和決心。

那麼就走吧，這五姓的勇士們，

拿起那早年唾棄的金戈鐵馬，

用屈辱的眼淚裝點匆匆行程，

遺忘掉后羿過去屠殺的先夏。

這樣，你將在那曲折進軍路上，

去慢慢鋪展著日出以及黃昏；

而你歡樂的歲月將無比輝煌，

做超越世俗令人驚愕的廩君。

可憐你的野心，讓你毫無退路，

變成你晚年熱血淒涼的墳墓。

7

占領鹽陽[1]

那麼，在你茶飯不思的日子裡，

總習慣望向青翠欲滴的山巒；

你身為巴族臨危受命的後裔，

掌握著氏族興旺的開疆大權。

所以你總是按照夷水的流速，

排列那顛沛流離的行軍步履；

你將第一時間抵達鹽陽沃土，

為部族尋找一個牧耕的依據。

當年代久遠，不停爭鬥的身影，

在夜以繼日占領鹽陽的背後，

書畫成一幅是非功過的光陰，

就像那蒼嶺日夜淪喪的沙漏。

但你一貫的態度開闊的資源，

將成為後代仰慕和讚揚蹤源。

<hr />

[1]　一說在今長陽境內，曰鹽井市。另一說在今湖北恩施市東，即夷陵縣。《荊州圖副》說：「夷陵縣西有溫泉，古老相傳，此泉元出鹽，於今水有鹽氣。縣西一獨山有石穴，有二大石並立穴中，相去可一丈，俗名為陰陽石。陰石常濕，陽石常燥。」

〔8〕

情遇鹽水[1]

當你深情的眼中落滿他身影，

你處子期約的情懷許下媒證；

他偉岸身姿在心中留下足印，

宛若你伏地不起纏綿的歌聲。

你忘記了他征戰的手掌掠過，

鹽水河岸飽滿而壯實的村莊；

你並不希望他走得太過零落，

讓一場熱戀脫於時間的匆忙。

你願意給他整片耕種的天空，

願意在今夜把女兒青春秀顏，

毫不吝惜躡藏於他溫暖懷中，

讓你的愛像一朵盛開的紅蓮。

但你看見外表卻忽略了內心，

這愛哪有這麼簡單，這麼深情。

1　鹽水即夷水，也就是現在的
　　清江，清江是今湖北西部長
　　江支流清江及其上游小河。

〔9〕

鹽水女神[1]

你與族人在這裡繁衍和生活，
這裡山川逶迤，河水蜿蜒清秀；
你才華橫溢管理著鹽水部落，
這裡豐腴茂盛是魚鹽的河流。
你是個自己看了都愛的女人，
有著豐滿的軀體，玲瓏的曲線；
你的容顏，你美若寒黛的眼神，
及聖潔肌膚，像首含羞的詩篇。
這個世界沒有誰不把你深愛，
讓無人問津的歲月淹沒渴望，
讓你舉世無雙的美，流落等待，
變成鬆軟的，等他親吻的臉龐。
既然你這麼高貴你就得矜持，
不因情愛而屈尊，去傷害自己。

1　鹽水部落女酋長，廩君的妻
　　子，巴民族後裔，土家族人
　　奉為祖先神，謂之德濟娘娘。

10

大地情殤

難道這七天七夜的纏綿相伴，

就化成一道決絕如鐵的時光；

難道這女兒嬌羞萬千的愛戀，

變為了一場淒婉絕倫的情殤。

儘管她許下疆域哭成一朵花，

儘管她麇集飛蟲[1] 遮蔽著天空，

可暗無天日的時間也終無法，

停止你義無反顧前進的時鐘。

向陽坡[2]，你割下青纓以及謊言，

交付於欣喜若狂痴迷的女神；

而你絕情萬分，怒目張弓的箭，

洞穿了一個女人愛你的一生。

你射殺了她等於傷害了自己，

你將在餘剩的時間消磨苦寂。

1　鹽水女神即化飛蟲，與諸蟲
　　群飛，掩蔽日光，致使廩君
　　不知所向，不能帶軍出征。

2　即廩君射殺鹽水女神的地方。

﹛11﹜

廩君立國

在這個酋長紛爭的部落時代，
你是清江最有影響的廩君蠻；
而你的手將抹去世間的塵埃，
映射你揚聲長嘯聚合的吶喊。
那遍野來朝的問候以及臣服，
將皈依於你五指聚攏的光影；
你深諳世道的眸，描繪的王土，
就像牛角號低沉高亢的聲音。
這是一條鮮血淋淋的江河啊，
是你食邑的五穀滴翠的流光；
你墊高目光一直仰望的深夏，
將植入一道堅實高大的屏障。
你把信仰和理想看得很重要，
就像處血的版圖無聲的哭號。

〔12〕

建都夷城[1]

當你悍然身影建築巴夷城邑，
這個處女之門將會為你開合；
在屢次耕種的樂土留下後嗣，
守著你身下一片豐沃的田野。
你將在這裡種下純潔的稻穀，
以及一片片重瓣的愛情玫瑰；
你將把時間做成王道的華服，
在這夷城恩愛萬民，佈施恩惠。
但你從沒有安然享樂的念頭，
也從沒有絲毫的倦怠和懶散；
你將以完整如初的宏越架構，
拓土開疆，完成你畢生的熾願。
珍惜這世界吧，要不然你心靈，
你那垂冷的喘息會結成堅冰。

1　今長陽漁峽口鎮為古夷城，
是廩君在巴國建立的第一個
都城。也有說恩施為古夷城。

[13]

定鼎鄂西[1]

你怎麼能放得下拓展的宏願，
虛耗那岌岌可危的青春年華；
你拖著舍舟，在深山不斷攀援，
修造一道狹窄而悠長的關卡。
你還將在鄂西新開拓的地方，
煎服下一劑水土不服的良藥，
醫治漸漸糜爛而不癒的創傷，
赤足涉過荒涼的洞穴和城堡。
你與庸濮[2] 鉤鐮[3] 爭鬥的腳步，
宛如那一段瘦骨嶙峋的記憶；
於這片鏽跡斑駁的潮濕泥土，
將記錄青黃不接垂釣的影子。
你這人生裡愈來愈緊的厚愛，
是你喉嚨裡不能吞嚥的石塊。

1　即今湖北省宜昌及恩施州一帶，與川東重慶毗鄰。

2　即庸人和百濮人。庸人是川鄂交界地區的土著部落，即後來的共部落。百濮人屬於土著，在商周以前居住在川東地區。

3　即鉤鐮槍，槍頭有倒鉤，以刺殺鉤拉為主，是古巴人在戰爭中常用的武器。

14

建都恩施

你一開始踏上這方富裕土地，

就已經被她的芳顏深深吸引；

你將在這紅塵陌上獨自尋覓，

用高貴華麗的名字低唱淺吟。

這樣你在這不期而遇的河畔，

刻下韶華千年那重逢的誓約；

你將流連於這個永恆的執念，

將短暫一生樹立穩健的山岳。

你深掘重防，建立第二個都城，

讓時間去裝裹這施都[1] 的城牆，

設下一道道決絕自固的大門，

度守著永不衰敗的壯年時光。

而這用生命恪守的一份舊情，

讓你化身成一道俊逸的蒼嶺。

1　即今湖北恩施州，古為廩君的都城。據考證，此乃廩君擴展疆域後第二次建都的地方。

〔 15 〕

長夜祭愛

你不曾看到內心中傾盆的雨，
就像那早年背信棄義的愛情；
你欺騙了自己和這一片疆域，
讓女神的美全在你身上耗盡。
為什麼你能給子民深厚的愛，
卻不能用心去愛撫一個女人，
讓轉交的青絲做了賠本買賣，
變成你黑夜語無倫次的王城。
你終究用那溫文爾雅的語言，
做了你這至高無上、孤獨的王；
你不能給她絲毫多情的愛憐，
就像那一道含黛若煙的淚光。
事實證明，你還沒用過的愛情，
將和你同進荒塚，枯萎了你心。

16

開疆歷歌

時間從不屑於隱瞞一場真相，

只為把你引向一個核心問題；

而資源、土地、權利爭奪的地方，

是你羽箭晃動處無聲的淚滴。

你也就不得不重新收拾傷痕，

拿起戈鉞走向更廣袤的疆域；

你忘記了那一片跌落的雲層，

好像雨水從沒在你體內留蓄。

你還是個固執的人，滿口謊言，

滿篇破舊敗落而蕭條的詩歌；

讓你常居於漆黑遙遠的河岸，

無聲演繹你蓄意修辭的音色。

你一路繾綣的足跡從不停止，

這令死神都害怕的戰爭奴隸。

17

廩君之殤

這是個黑夜垂成的無光世界，

你那黯然的靈魂穩居於天空，

垂釣你義無反顧的生離死別，

窺清人世奔波的情殤和昌隆。

你終於絕世而去，你沒有遺憾，

嚥下的呼吸發出沉重的聲響；

你前行馬蹄上那翻轉的風幡，

就像你蕭穆岩石當眾的歌唱。

那麼在這塊皮膚黝黑的大地，

將以你為大，以你的死為靈堂；

讓萬民擊鼓，插上歃血的盟誓，

祭祀你化身白虎[1] 慘綠的哀腸。

你的死你得感到萬分的慶幸，

去歇息早已疲乏的壯志雄心。

1　傳說廩君死後化身白虎，後
　　白虎成為土家族的象徵，演
　　變成民族的圖騰。

ㄈ 18 ㄋ

遺愛萬民

你的愛是那樣的熾熱及深沉，

早年耕種的歲月已結下歡樂；

那片開疆的土地，勤勞的人們，

正分享著你一盈鹽井[1] 的福澤。

這是幅多麼詩意的山水畫卷，

讓部族感到你的寄望和力量；

你就像一個沉默穩健的山巒，

以白虎身形立於眺望的高崗。

你就是慷慨豪爽的巴族漢子，

是善良真誠神性而博愛的主；

這清純的天空土地以及鹽池，

是青春愛情生命兌換的事物。

你走了，遺下如此珍貴的資源，

你的後代該如何打理和盤點？

---

1 在廩君進入鄂西恩施這一時
　期，在巫峽以南的今鄂西恩
　施市東的鹽陽發現了鹽泉。

19

白虎圖騰

當激越厲嘯的鼓面跳動之時，
那以你命名的詞牌多麼激烈；
就像這無數地名，白虎的痕跡，
夜以繼日遊走的打望和狩獵。
而在高大的墓碑及白虎神廟，
心靈的神龕上供有你的影相；
而一枚寬大厚重的王旗名號，
飄揚著白虎族徽錦繡的君望。
這是多麼虔誠忠貞的信仰啊，
在氏族子孫額頭上烙下印痕；
即便歲月漿補的服飾和鞋襪，
都深耕織著五彩斑斕的虎紋。
那虎奴虎子虎蠻虎方的稱謂，
將構成氏族崇拜遺風的原委。

20

留愛深山

那麼在這個大山深處總可以，

看到你的影子，聽見你的嘯聲；

像這片蒼勁深山的巴族後裔，

停佇你堅強、善良、真誠的烙痕。

在你遊走中你並不感到孤單，

與鹽水女神挽手相攜的身影，

在原始河流宛如並蒂的藍蓮，

像極了夜幕中耀眼的雙子星。

可你撫摸女神的手充滿愧疚，

就像那一段隔世的凄絕情殤；

但你這遲到的愛將毫無保留，

用忠貞譜以相濡以沫的絕唱。

恨啊，恨你對女神的薄情寡義，

愛啊，愛你那永不泯滅的功績。

21

分軍南北

而你五姓聯盟的另四姓宗支，

已經帶著你氏族中興的使命，

離開了清江竹篙清影的長堤，

邂逅那一縷漫卷舒華的清音。

你從未老去，彈指間拔劍出鞘，

踏出了征戰的舞步，北至江漢；

你也從未停止，用清越的厲嘯，

占領了西南瀟湘和渝東山川。

你是一個讓萬民都景仰的人，

總讓自己立於心靈的最高處；

你敢將自己的靈魂交予死神，

席枕大風居於那繁花的夏土。

其實，這個詩章所描述的故事，

無關戰爭，只是關於根的意義。

[22]

夷水之源

這是一條充滿著母性的河流，
讓你在上面隨意休憩或跋涉；
那緩緩清江[1]從未拒絕的嬌羞，
是波光瀲灩淡若浮塵的顏色。
但你身體裡面一定蓄滿疼痛，
任無數發情的時光刺痛肌膚；
而馱載蒼山日月的河水沉重，
宛如騰龍洞一段爬行的幽哭。
那請記下三明三暗發祥之源，
用你清晰明了的誓言和讚詞，
面對那一條青翠透明的河川，
去搜尋著八百里如畫的記憶。
所以，不要忽略一場分崩離合，
讓暗藍的水底瘦成一段沉默。

1　古為夷水，其發源地在湖北省恩施州利川市境內龍洞溝，流經利川城區，在騰龍洞落水洞沉入伏流，經三明三暗後，於雪照河露出水面，流經恩施、長陽、巴東，在枝城注入長江，全長四百二十三公里，有「八百里清江美如畫」的盛譽。

23

齊岳逶迤

巍峨俊逸的齊岳山[1] 橫亙西天，

是道西南向東北綿延的屏障；

那高山草場七個排列的小山，

儼如七曜匯聚發出耀眼光芒。

這裡秀麗，莽莽蒼蒼，美奐絕倫，

是鄂西南，那一扇屹立的大門；

這裡富庶，綠草茵茵，牛羊成群，

長滿天下罕跡的藥草和山珍。

那麼，你赤足翻越的炎熱夏季，

這迷人的草原為你帶來涼爽；

而那冬季白雪皚皚玉樹瓊枝，

是一派令人神馳的北國風光。

你長驅直入凌亂多棱的流連，

將為你開闢萬馬馳騁的江山。

1　齊岳山位於湖北省恩施的利
　　川市西部，距利川市僅三十
　　公里，距萬州八十公里，
　　三一八國道從景區穿過。齊
　　岳山山頂平整，是南方最大
　　的高山草場，山頂有黑大
　　包、勘金大包、羅家大包、
　　鄧家大包、萬家大包、大
　　包、彭家大包七個山包，構
　　成七星照耀之勢，因此古人
　　又叫它為七曜山。又因齊岳
　　山物產豐腴，遍及天下罕見
　　藥草，又叫齊藥山。齊岳山
　　巍峨俊逸，與石柱相連，猶
　　如一道天然的城牆橫亙西
　　天，因此有萬里城牆之美譽。

〔24〕

直入川東[1]

而你那眼中漸漸強大的幻覺，

正在揭發你心胸隱秘的夢想；

那麼你就一直在等待著盤詰，

攫取那一片金碧輝煌的寶藏。

你一直就在歷史的長河行進，

就那麼輕而易舉地直入平川，

彙集巫山寄居的巴部落族親，

演繹出一部川東文化的大片。

當然，這裡面可能有一些拒絕，

有一些積極而且憂憤的抵抗；

而你一定不會膽怯，喪失智略，

敗壞毅然的臉龐中，王的形象。

所以，總得立下目標不斷前進，

去掌握你命運翻盤的可能性。

1　川東即今重慶地區。

⟦25⟧

虎紐錞於[1]

這是多麼完整的青銅樂器啊，

囤積著漫漫征途華麗的音質；

匠心獨具華工精美的高溫下，

有一隻白虎站出英雄的姿勢。

你發出合道、入情、清越的大音，

在虎紐錞於鏗鏘悅動的鼓面，

在百業興旺，人丁潘勝的途徑，

激盪你無邊歲月的儒雅豐年。

而你流落於表層的高貴形態，

你鏽跡斑斑的音色依然優良；

那合而為一暗暗鑄造的胚胎，

塑造你萬分充沛泛綠的暗芒。

你那無比自信的偉岸和傳奇，

將漫過歷史蒼穹溫和的土地。

1　巴國青銅樂器，屬於一種打
　　擊樂器，其造型優美厚重，
　　音質優良。

〖 26 〗

占據江州[1]

當私慾構成肆無忌憚的貪婪，

終於燃起了占據江州的慾望；

當雙眼寫滿無所畏懼的野蠻，

你這新寵，將開鑿巴國的王疆。

為了部落的安寧，包括你自尊，

你敲響流年徒步穿越的洪鐘，

率領蠻夷部落拿起聲討的矛盾，

讓這場戰爭因占領而顯崢嶸。

但那是一場多麼激烈的爭鬥，

敗落的城池變為你統治聖地，

讓歲月無比沮喪的時光之軸，

斷絕成暗無天日的落寞記憶。

而你獲得的權利和肩負重任，

讓別人心生無比憤怒和幽恨。

1 　重慶古稱江州，以後又稱巴
　　郡、楚州、渝州、恭州。南
　　北朝時，巴郡改為楚州。

27

巴濮之戰

你們親臨疆場融入這場吶喊，

在戈鉞劍影塗抹血腥和哭泣；

你們整裝前行不服輸的鏖戰，

將會建立你們的尊嚴和意志。

倘若把生命與合川¹城池比較，

總會有一種無以復加的疼痛；

就像釣魚山²命運叵測的禱告，

組合成你們生命倒計的時鐘。

假如必死於旦夕禍福的流年，

那麼，巴濮這橫眉冷對的怒目，

是面對死神卑躬屈膝的新顏，

用銅劍鋒芒盛殮遺愛的屍骨。

那就請賜給你們壯烈的夕陽，

建築你古往今來的戰神形象。

1　合川位於嘉陵江、渠江、涪江交匯處，即今重慶北部地區合川區。合川古名墊江（原為褺江，取嘉、涪二江在城北鴨咀的匯合之水如衣重疊之意，《漢書‧地理志》誤記為墊江並沿襲至今），在巴人入川前是濮族人主要居住地，合川古城邑「巴子城」（今城區銅梁山下）曾是巴國別都。

2　釣魚山在四川合川縣東（即今重慶市合川區）。

〖 28 〗

巴濮合葬

1　巴王與濮王決鬥，兩敗俱
　　傷，死於釣魚山上。現在合
　　川釣魚山的最高處尚存的一
　　大封土堆，相傳就是巴王和
　　濮王的合葬墓。濮王即百濮
　　之王。濮，在楚國西南部，
　　是一個較為散落的古民族，
　　分佈地域廣闊，先後在今貴
　　州、雲南，鄂西、四川至江
　　漢流域以西一帶等都有濮人
　　生存的足跡，古稱百濮。濮
　　人演變有三說：一說戰國以
　　後演變為百越，發展為漢藏
　　語系壯侗語族各民族；一說
　　百濮與百越是兩個不同的族
　　體，元代以後稱蒲人，再後
　　發展為南亞語系孟高棉語族
　　各民族；另一說前期之百濮
　　與百越有密切關係，後期即
　　為孟高棉語族各民族。

而你的光芒在自身體內躔藏，
就像每天能呼吸的生命體徵；
為你建造的一座墳墓和天堂，
將會盛裝你高昂歡快的嘯聲。
你內心溫婉外表強悍的墓穴，
將高出時間顛簸前行的頭顱，
在你人間的素顏裡開出愉悅，
譜成了巴濮兩王合葬[1]的音符。
那腳底延伸的足跡無比燦爛，
如萬物之極，五穀豐登的開始；
你們長眠的富有、溫暖和甘甜，
鑴刻於巴族千百萬人的心裡。
沒有什麼文字能高過這讚揚，
以此讓你豐功偉績永世傳唱。

［ 29 ］

伏於殷商[1]

你最賤的愛沒誰願意去接受，

像殷商王朝不屑一顧的轉身；

而你把一滴鮮血置於了腦後，

溫柔的安慰淚眼分明的前程。

你在忍受著商王無道的殘暴，

以及那變本加厲的陰謀詭計；

當你在血泊中扶起你的故道，

就像扶起那慘不忍睹的哭泣。

你伏於紂王[2]，一直在尋找機會，

復辟你內心輾轉沉浮的滿月；

就像那新吐的皓光趨向回歸，

在啞靜黑夜化作晶瑩的霜雪。

那麼你這誤入圈套的一場疼，

儼如流年逝水裡悲悽的重生。

---

1 因商朝首都固定於殷，又稱
   殷商。

2 即商紂王，也叫帝辛，都是
   商王朝末代君主的稱號。紂
   王則是周人對其侮辱、蔑視
   性的稱呼。

⟦30⟧

會師孟津[1]

當武王伐紂的蹄音漫過黃河，

那八百諸侯紛紛會師於孟津，

在孟津渡高高的會盟台響徹，

那軍事聯盟誓師討伐的聲音。

這樣，你帶領勇越的巴族部落，

翻山涉水歷盡艱險，不期而至；

而因你的彪悍善戰、顯達開豁，

被列為六師先遣的龍賁之師。

你望著大地跌入了一片漆黑，

從羞愧中站起，進軍朝歌[2]都城；

你將捧著斷骨和頭顱呈交給，

這個從血灘裡蹚過的新主人。

那麼你染血的虎斑裙和長劍，

一定會提高你人生的價值觀。

1　即孟津縣，位於河南省中西部丘陵山區，東距省會鄭州一百一十公里，西距豫西名城三門峽九十公里，南與古都洛陽毗鄰，北臨滔滔黃河，與濟源市一橋相連。為了推翻商紂王的殘暴統治，公元前一〇二七年，周武王親率大軍東征，一舉攻克西亳（在今偃師市西約 7 公里處），陳師於黃河中下游最重要的渡口——孟津渡，在渡口附近築起會盟台，舉行了軍事聯盟的誓師大會。

2　今河南省鶴壁市淇縣朝歌鎮。淇縣朝歌鎮古稱沬邑，商末易名朝歌，曾為殷紂都城和後來的衛國國都。

31

牧野之戰[1]

在商軍主力遠征東夷的夜晚，
隱秘著一縷性命堪憂的氣息；
這朝歌空虛，分崩離析的王殿，
怎能抵禦那轉眼抵達的雄師。
而武王牧誓[2]，田野高聲的聲討，
讓你執拗站成一座城池形狀；
這排兵佈陣惹滿晨光的長號，
在舞動的王旗上發出了鳴響。
你用緊貼死亡的悸動和驚嘆，
帶領巴族勇猛死士邊歌邊舞，
去徹底完成一場圓滿的征戰，
完成一次靈魂的洗禮和安撫。
這面對死亡歌樂無畏的精神，
光耀著你古巴人明媚的圖騰。

1　公元前一〇五七年，一說前
　　一〇二七年，周武王在太公望
　　等人輔佐下，率軍直搗商都朝
　　歌（今河南淇縣），在牧野（今
　　淇縣以南衛河以北地區）大破
　　商軍、滅亡商朝的一次戰略決
　　戰。

2　公元前一〇五六年一月初四
　　拂曉周武王率領方國進至牧
　　野。商紂王驚聞周軍來襲，
　　倉促武裝大批奴隸，連同守
　　衛國都的軍隊，開赴牧野迎
　　戰，初五凌晨，周軍佈陣
　　畢，莊嚴誓師，史稱「牧誓」。

32

得勝歸鄉

這個黑夜你唯一活著的心靈，
就像一座座起了大火的城樓；
那穿透空谷的號角以及淺吟，
構成了一些疼痛回歸的自由。
你目睹一個破落王朝的死亡，
就像你擺開的陣勢以及衝鋒；
而擊鼓歌舞高高揮動的臂膀，
滾動著義無反顧的堅強勇猛。
你望著故土的山河默默無言，
宛如你牧野橫縱征戰的足跡；
你在這暗藏凶險的塵世邊緣，
落下了戰後餘生憂心的喘息。
而你那一直固執大膽的訓條，
將告訴你活著與死一樣重要。

〔 33 〕

巴渝狂舞[1]

你列陣進軍臨死還歌的聲音，
是世代相傳膾炙人口的歌謠；
你衝鋒向前倒地不起的背影，
是萬人踏步技藝諳熟的舞蹈。
這是一個凱越而壯觀的場面，
譜寫出一篇氣勢豪邁的序曲；
你那前歌後舞的執盾和握劍，
是英氣勃勃剛勁有力的步履。
在這勇往直前的歷史進程中，
你總有很多傾吐不完的樂歌；
就像你險惡環境流落的荒塚，
述說著你堅韌和慓悍的性格。
那麼你巴子勇悅高懸的頭骨，
留下了激勵萬代後人的遺囑。

1 　是古代巴族的一種舞蹈，其
　　歌舞內容主要是從「戰舞」
　　發展演變而成的巴渝舞，後
　　來逐步成為一種專供表演的
　　宮庭舞蹈。《華陽國志‧巴
　　志》載：「周武王伐紂，實得
　　巴、蜀之師，著乎《尚書》。
　　巴師勇銳，歌舞以凌殷人，
　　前徒倒戈。」

34

賜封姬姓

因你巴人的功績進封為子爵，
那四等的爵位讓你留居山地；
從此，這一份昭告分明的盟約，
有了姬周共主的榮光和姓氏。
而你看重這血肉換來的榮譽，
就像你披上華麗高貴的新裝；
你在周朝的史冊將萬古不渝，
世代流傳著鮮血一樣的光芒。
也許，你還躺於那條堅硬疆場，
回憶中劍之後你淤積的血泊，
回憶那段柱木高結的殿堂上，
部族無數勇士出發時的高坡。
你這關於死亡的結束和開始，
將永遠演繹著你不朽的傳奇。

35

巴子立國

那麼你將正式建立巴子國度，
分封漢水流域以及武陵山鄉；
而溝壑萬道喜笑顏開的疆土，
讓萬代子民居於幸福的高崗。
於是，你就不斷與蜒部落融聚，
建立了齒唇相依的共生關係；
濮宗苴共奴儴夷充夔彭巫魚，
這十二部落[1] 也聚於巴族王旗。
你建都漢中，普照你深得人心，
淺笑低吟前赴而後湧的光輝；
而那偉大漫長而絢麗的光陰，
將給予你萬民最聖德的恩惠。
於是你多年積蘊的一場吶喊，
一定會像杜鵑一樣鮮豔燦爛。

1 　即巴國疆域原來的土著及部
　　分遷徙來的部落，除蜒部落
　　（廩君部落）以外，還有濮、
　　宗、苴、共、奴、儴、夷、
　　充、夔、彭、巫魚十二個部族。

⟦ 36 ⟧

洛邑[1]王會

在成王這個萬侯來朝的日子，
你輾轉風塵走向了洛邑王殿；
即便你愛的同盟曾立下重誓，
也成了熱鬧宴會啞寂的語言。
你望向滿目推杯換盞的虛空，
看見許許多多的朝拜被掩埋，
那無數阿諛和奉承陷落杯中，
陷落於一具五光十色的骨骸。
你不得不收拾心頭那襲重囊，
在這個琴瑟璀璨的夕陽黃昏，
讓你因功績座次分明的榮光，
化成一首清音，慰藉勇士靈魂。
快樂痛苦猶如共血緣的同族，
你接受分封你就得承受痛楚。

1　洛邑是周代洛陽的古稱。洛
邑王會就是周成王在天下平
定時，於新造東都洛邑，大
會天下諸侯，故《逸周書・
王會解》載有四方諸侯朝貢
的盛況。

37

巴貢神鳥

這只積滿五色靈光的比翼鳥[1],

那單目單翼的身軀充滿神性,

而重合的姿勢展現出的驕傲,

讓世界落入含情凝望的眼睛。

你們呢,就會成為神奇的貢物,

成為周成王[2]一再珍愛的寶藏,

然後穿越大地,送上祥瑞祝福,

化身為方外諸說評估的吉良。

而這些與周王朝結緣的關係,

在榮辱共生彼此相依的途程,

成為這人間不相分離的傳記,

成為愛情及和平嘉讚的本征。

而休戚相關的日子所有偉大,

只證明兩國比翼齊飛的佳話。

1　比翼鳥又名鶼鶼、蠻蠻,是
　中國古代漢族傳說中的鳥
　名。此鳥僅一目一翼,雌雄
　須並翼飛行,故常比喻恩愛
　夫妻,亦比喻情深誼厚、形
　影不離的朋友。

2　周成王(公元前 1055 至前
　1021)。姓姬,名誦,周武王
　之子,是中國西周第二代國
　王,謚號成王。

38

春秋戰國

這是個萬籟寂靜無眠的夜晚，
你站在山頂仰望著深邃高空，
彷如一支停泊在宇宙的標竿，
等待那黎明的大地燃起鮮紅。
你知道你智慧將在歲月耗盡，
你溫婉的心臟將安眠於土地，
你與你妻子及巴國不再安靜，
你將在爭霸中留下征戰足跡。
當生命不屬於你自己的時候，
你就是一隻刻滿圖語的陶罐，
用整個身軀裝載空靈的宇宙，
餵養巴國那艱難求生的經年。
為了爭霸天下將和時光爭持，
在春秋戰國釋放你生命潛力。

39

結盟楚國

你們曾背道而馳又和好如初，
總為了各自不能割讓的利益；
你們曾經互懷詭心各有所圖，
把私慾藏於陰暗潮濕的水底。
你們歃血立誓，締結聯盟陣營，
無數次點燃協同作戰的烽煙，
舉起了利劍謀算別人的性命，
獲取你們想要的城池及資源。
但是你們那歡愛和睦的根基，
宛如那斑駁離離坍塌的廢墟；
在岌岌可危搖搖欲墜的夢裡，
落滿了一場漂浮不定的大雨。
貪財和肉慾是兩個攣生姊妹，
它能讓你得意，也能讓你生悲。

40

巴楚聯姻[1]

你乖巧的女兒是你掌上明珠，
那聰穎與美麗深得族人歡喜；
她年少心靈，寫滿純淨的語符，
宛若清澈透明楚楚動人的詩。
但她在你教唆下承擔了責任，
遠離巴國完成那和親的使命；
仿若你唾手可得的政治資本，
垂憐、修飾你拓展壯大的行徑。
當把婚姻和利益締結成盟約，
這嘶聲竭力的歲月充斥哀怨；
當歷史戰車修辭血腥的詞闕，
這巴楚的聯姻哪有愛情可言。
而你在她臨行前許下的盟誓，
以她的青春年華去作為獻禮。

1　巴國和楚國因為深刻的政治
　　背景和歷史原因，以和親聯
　　姻的形式締結成同盟國。

﹝41﹞

巴楚伐鄧[1]

在這片土地上你們互為姻親，

那鄧國[2] 的女兒也是楚的女人；

就像和你巴國一樣具有親情，

你們後裔具有血脈相連的根。

你試圖竭盡全力修好於鄧國，

建立你和平共處的締約國疆；

你在楚王支持下派出了使者，

與楚大夫不遠千里一同前往。

但在這個錯綜複雜的關係裡，

你背道而馳的意願胎死腹中；

你們遭到鄧國南疆土人襲擊，

敲響了無可避免的戰爭洪鐘。

這巴楚伐鄧不顧親情的戰爭，

縈繞著你們兒女無限的愛恨。

1 公元前七〇三年，位於今鄂
西一帶的巴國想和鄧國修
好，在道走鄧國南疆時巴楚
使者遭鄧國土人的襲擊，於
是巴楚兩國聯合討伐鄧國。

2 周朝附庸國，其地域在今河
南鄧州與湖北襄陽一帶，都
城約在河南鄧州西南的林扒
鎮。西周以後，鄧國又徙都
於今湖北襄陽市附近。

42

巴楚伐申

你與楚國曾經多次聯合出兵，
征伐漢水流域諸國，擴大王土；
用你們飄移的足跡以及決心，
書寫北進中原那變遷的意圖。
於是，你們攻占申國[1] 目標一致，
瞄向了周王分封的南方重鎮；
你們會師南陽發動戰爭突襲，
控扼諸國這進入中原的驛城。
終於，在你變本加厲的征伐中，
你們得到大片疆土占領南陽，
這周王直系姻親的最後王公，
在你們進攻下結束執政時光。
從此你們那耿耿於懷的光陰，
將居住著一個戰敗國的姓名。

1　周宣王時，為了加強對「南土」局勢的控制，改封王舅申伯於今河南省南陽市，在原謝國的土地上建邑立國。申國是南方軍事重鎮，直接控扼著南方諸國進入中原的咽喉。《左傳·莊公六年》（前688年）巴、楚聯師伐申（今河南南陽北），後申國滅亡。

〔 43 〕

三國伐庸

當庸國[1] 鏗鏘的身影投入夕陽，
他紛亂的步履踏出戰爭序曲；
在那與楚國鉤鐮爭奪的疆場，
讓七戰皆北的楚國充滿憂鬱。
就在這戰爭進入危難的時刻，
巴秦兩國躍馬長嘯，爭相馳援，
迫使百濮[2] 臨陣叛庸陣前倒戈，
並與楚合圍完成殲庸的征戰。
這場戰爭就是你們聯合討伐，
躋身諸侯列強最重要的因素；
而在三分其國各取所需之下，
你分得大巴山東緣庸之魚復[3]。
那錯綜複雜宗族鬥爭的靈魂，
構築你難逃國破家亡的厄運。

1　古國名，曾隨同周武王滅
　　商。春秋時，是巴、秦、楚
　　三國間較大的國家。建都上
　　庸（今湖北省竹山縣西南）。
　　公元前六一一年（楚莊王三
　　年），庸國趁楚國鬧饑荒之際
　　興師進攻。楚莊王聯合秦
　　國、巴國反攻，滅亡庸國，
　　三分其地。

2　古族名。又稱濮人、卜人。
　　主要分佈在今長江以南一
　　帶。最早見於《尚書・牧誓》，
　　曾參加周武王伐紂會盟。

3　古地名，即今重慶奉節。

﹝44﹞

使主社稷

你美麗巴姬[1] 不但是巴王愛女，

還是楚共王[2] 朝夕相伴的妻子；

你用青春才華化解巴楚僵局，

建立了兩國世代修好的友誼。

你和共王總為立嗣憂心忡忡，

考慮五子誰能擔當社稷重任；

當你們的身體漸趨老態龍鍾，

便求問神明，誰是王的繼承人。

這樣，你埋璧定王[3] 祈願的雙手，

宛如對這片熱土熾烈的親吻；

曾給予神明無限期許的明眸，

變成繼承王位遺愛四方的文。

當你遺愛的後嗣沒落了人性；

那違願的貪婪將會帶來血腥。

〔45〕

血開鼎盛

這樣你將和部族在巴國土地，
享受著那長江帶給你的豐腴，
而滅國數十不斷發展的故事，
裝點成霜雪傲立的偉大名譽。
你就是巴國輔治天下的王侯，
東至魚復西至焚道[1] 傲視蒼穹；
你棲居大山的光陰那樣豐厚，
北接漢中南控黔涪[2] 雄陳恢宏。
你就是堅韌不屈威武的白虎，
造就了千年虎王的高尚品質；
那部族昌盛偉岸高大的因素，
構成巴族繁衍的根基和姓氏。
而你身為大巴山巫人的後代，
那體內暗藏遠古圖強的血脈。

1、2 巴國疆域也在不斷擴大，東
　　至奉節縣（古稱魚復），西至
　　宜賓縣（古稱焚道），北接陝
　　西鄭南縣（古稱漢中），南接
　　貴州省北部和湖南省西部（古
　　稱黔涪）。

46

太平盛世

那麼天宇之上一輪皎潔明月，
可曾攝下你楚楚動人的身影；
那一夜反覆書寫，遙遙的詞闕，
是否緘默成了你喜泣的獨吟。
你整夜難眠，在這個太平盛世，
那從遠及近，從古到今的血液，
構成你遙遙回想的一個故事，
那從早到晚，從夏到冬的曠野。
你久久站立，回憶著先祖教誨，
用堅強和勇敢書寫偉大人生；
而這條舉起柳葉銅劍的途軌，
注定你將有無比燦爛的前程。
那麼你就以你王的名義開始，
在認知的流年刻下鼎盛記憶。

47

物華藩盛

在這一個空靈而磅礡的時空，
聆聽你踽踽獨行的璀豔時光；
而這大地裡五穀盛行的蔥蘢，
將有一種因生存方在的力量。
那麼你以太陽為中天的長詩，
連構著生命百物合聚的脈絡；
這縷開萬物本源，凝聚的瑞氣，
將表達萬民毫無隱瞞的收穫。
你會心存感激，用觸撫的雙眼，
研磨成一幅豐年的絕色圖畫；
並如此的貼近心臟，純清表面，
悸動著你那久久迴蕩的煙霞。
你物華天寶，傳愛普世的經年，
譜就成一曲高壽長生的春天。

⟦ 48 ⟧

青銅重器[1]

那麼就以一指縫的距離讀你，

你不堪重負，凝結歲月的冰凌，

以及風塵裡落魄失意的嘆息，

一身皺紋的幅度，暗紅的赤磷。

你經歷了無數次烈焰的鍛燒，

淬煉成裁剪冰綃的青銅容顏；

而這折射出的無奈以及喧囂，

怎麼也無法劃破疲憊的流天。

你可能就像巴國哀怨的母語，

佈滿了僅有支言片語的物器；

從那洶湧的暗夜彌留的語句，

去獲知你這精美華工的消息。

但愴然流落苦掙苦扎的墓葬，

鐫刻著冗長沉鬱，落寞的餘光。

1　即指青銅器，是指以青銅為基本原料加工而製成的器皿、用器、武器等。史學上所稱的「青銅時代」主要從夏商周直至秦漢，時間跨度約為兩千年左右，這也是青銅器從發展、成熟乃至鼎盛的輝煌期。

〔49〕

巴國伐楚[1]

在春秋年代你為了圖霸西南，
總望向更遠更為富饒的地方；
而你東出漢水建立區域霸權，
是你那至崇至高的戰略構想。
你與楚共同滅掉江漢小國後，
這惟利是圖，毫不設防的銅劍，
已經高舉在蠢蠢欲動的心頭，
演變成巴楚黯淡無光的鏖戰。
你們那聯盟的力量以及性質，
是互為利用，擴張版圖的工具；
這不穩定的暫時性戰略關係，
構成了分崩離析的戰爭格局。
沒誰願意無端的把自己加害，
讓彼此陷入一場利益的苦海。

1 「哀公十八年，巴人伐楚，
敗於鄾。是後，楚主夏盟，
秦擅兩土，巴國分遠，故於
盟會希。至哀公十八年盟約
始破，轉而形成數相攻伐之
局。」哀公即魯哀公，名蔣，
為春秋諸侯國魯國君主之
一，是魯國第二十六任君
主。他是魯定公的兒子，承
襲魯定公擔任魯國君主。

〖50〗

戰國厲歌

當歷史進入七國爭雄[1]的時代，

那血液宛如夕陽染紅了長江；

在荒煙蔓草，萬骨皆枯的塵埃，

你悲慟哭泣彌留在大地心房。

你被血色幽靈拉入一場戰爭，

你毫無能力抵擋無端的獵祭；

而那馬蹄紛至沓來的嘶鳴聲，

在傾力伐楚後搖落你的嘆息。

你就是戰爭的信徒，夢的行者，

在每道嗜血的山樑放任憂鬱；

你不理情愛，輕舒混戰的長歌，

做死亡的奴隸，埋於時間廢墟。

這個世界沒有那麼簡單容易，

讓你能輕而易舉地拾取利益。

1　戰國時期（前474年至前221年），是諸侯國之間的兼併戰階段。戰國七雄是指戰國時期七個較強的諸侯國，分別為齊、楚、韓、趙、魏、燕、秦。

51

巴楚紛爭

當楚國日益暴露的獨霸野心，
重疊成一個刻骨銘心的城堡，
你這個虎踞漢西的巴國近鄰，
就成了楚國予以蕩平的目標。
這是不可避免而漫長的爭戰，
楚國的強大超出了你的預估；
那掃蕩江漢中原稱霸的宏願，
讓他大肆吞併你和汝淮版圖。
你們之間相互攻伐，征戰屢起，
在漢水流域湧動淒絕的迴響；
那日夜揮戈一字排開的陣勢，
掙紮在這大地堅硬的磐石上。
這柄波瀾泛起，斂盡憂傷的劍，
停泊於歲月黯然神傷的驛站。

〔52〕

立都江州

這場艱苦的戰爭不難以想像，
你以失敗告終被迫遷都江州；
在損失慘烈，遭受重創的胸膛，
結下你國力大衰的傷痛哀愁。
你終於退出漢水沸騰的流言，
在形勢急遽變化下遠離爭鬥；
而你那錯落別緻的花樣豐年，
將深鎖在你漸漸發黃的心頭。
這樣，你在行囊裝滿潮水路上，
撕裂黑夜那結滿沉痾的呼吸；
而這一段遠離你故都的衷腸，
碎成月光裡那個無言的嘆息。
失敗讓你身影比黑夜更深沉，
在靜止的時間復原你的前程。

53

拒楚三關[1]

你在楚國金戈鐵馬的攻伐裡，
那滿是傷痍的大地一再退讓；
你在長江邊構築防禦的工事，
抵擋楚國那強大的遠征力量。
你連置的弱關、江關以及陽關，
將在這烽煙漸漸囤積的歷程，
錯成波光裡日夜堤防的孤山，
以及你默默不語暗色的寨城。
而那長江上一灣初下的落日，
就像你構建涉世太深的場景，
就像沉默中虎旗垂首的幽思，
在滾刺的石片上歸於了安靜。
你忍受得了一場戰爭的死亡，
但卻無法承載那強大的慾望。

1　此三關是巴國為抵禦強楚，
　　在長江沿線構築的三道防
　　線，分別是弱關、江關、陽關
　　三關。弱關即今湖北秭歸縣
　　境，江關即今重慶奉節縣境，
　　陽關即今重慶長壽縣東南。

〔 54 〕

處處威逼

你低過的頭顱以運動的方式，

褶皺成日月無聲起伏的視線；

丟失的城池，輕聲折斷的羽翅，

宛如陽光那肆意弄碎的眼瞼。

其實這種感覺有對抗的疼痛，

就像楚國從沒停止過的追逐，

在那刻骨銘心的步步緊逼中，

有種比蕭瑟更加堅決的力度。

當楚國掠奪的目光漸漸冰涼，

那肆無忌憚的征伐席捲風塵；

在一揚再揚逐步分隔的疆場，

無限放大你失魂落魄的幽恨。

威逼利誘是無端借喻的謊言，

其目的是把利益分割成兩半。

55

弱關失守

沒誰能夠預知你潰敗的足跡，
將如何黯然成為落花的形態；
而你眼裡盛行的殘酷的剖析，
是白雪翻飛季節來年的恨愛。
你放棄秭歸，在弱關失守過後，
歲月殘破的旗幟無聲的飄蕩；
那戰爭中無從辨別的勾魂手，
把你推向了滾滾流淌的長江。
那麼你連連構置的三道防線，
就這樣被楚輕而易舉地擊破；
你以生命作為城堡，作為奉獻，
也不能逃離一場離殤的沉默。
面對那長驅直入的軒昂陣仗，
你宛如一片從不設防的土壤。

〖 56 〗

退守魚復

你在丟失鄂西大面積土地時，
不得不退守魚復回防於江關；
你在這偌大的領域隱藏日子，
把自己僅僅限於時間的表面。
你的東面是飽注多年的滄桑，
就像這道防線外綿延的蒼嶺；
你被陽光砸成了堅硬的瘀傷，
那皮膚上暗沉著征戰的青影。
你在這裡橫陳你鮮活的骨骸，
用你古老的聲音在高高懸崖，
挖出一席安放你軀體的未來，
收容散失的靈魂，俯望的江夏。
這太陽燃燒的聲音穿透胸膛，
給你希望，守駐這時空的屏障。

57

遷都平都

你總是帶著棺材來到這世上，
就像塵世每個人從出生伊始，
那歲月如影隨形的死亡一樣，
是這樣公平，讓人歌頌和緬記。
所以，你每次遷都總那樣從容，
那樣義無反顧以及堅決迅速；
你逃亡的馬匹早就能夠聽懂，
你那曲折奔波的來路和意圖。
就像太多人都知道苟且偷生，
知道戰略轉移被冠以的意義；
但你暴露了假意的勇猛忠誠，
讓自己活在平都[1] 流亡的土地。
別懦弱，拿起你長戈以及戰劍，
讓後輩把你永遠歌頌和懷念。

1 即今重慶豐都。在內部矛盾
不斷激化，楚國重兵威逼之
下，巴國都不斷遷徙於枳（今
涪陵）、平都（今豐都）、江
州（今重慶）、墊江（今合川）
之間。

【 58 】

巴楚修好

你們那休戚相關的根本利益，
暫時停止了繼續征戰的腳步；
那凌厲絕壁迴響的巴楚關係，
就像一面曾悽慘厲嘯的喪鼓。
這樣，關於你歇息勞頓的流年，
漸漸癱軟成修身養性的姿態；
在一片雨水紛紛擾擾的莊園，
那修好之中愉悅著你的深愛。
可是在你們王室婚姻尚存中，
已經找不到最初攜手的起因；
切斷的片段在那凌亂的荒塚，
迷離成彼此暗暗糾集的寧靜。
你們反覆輾側的分分合合後，
宛如是一場不期而遇的邂逅。

〔59〕

巴之蔓子[1]

那麼該用什麼筆觸把你謳歌，
讓你活得像偉大的英雄一樣；
就像那一首清晰明了的長歌，
就像你日後一次熱血的疆場。
當你漸漸長大，遠離懵懂孩提，
讓自己變得睿智及英勇不屈；
當你知道故土曾流離的故事，
譜就了愛國為民的崇高心曲。
你在無數的日子學會了勤奮，
學會讓自己變得堅韌和果敢，
學會在某個灼痛夜色的邊城，
讓你捐軀於萬劫不復的佩劍。
當你從不把自己看得卑微時，
將爆發出前赴後繼的生命力。

1　戰國時代巴國的將軍，名蔓子，因是巴國人，故稱巴蔓子。以英勇忠義深受世代巴族人民景仰和緬懷。

〔60〕

巴蜀之戰

這是一個你聲淚俱下的夜晚，

在你正日夜防備楚國的時候，

那漸漸壯大的蜀國[1]拔出利劍，

直插入你那血色分明的傷口。

你在蜀國強大鼎盛的衝擊中，

喪失了大片渝東土地及鹽池；

那昔日都城江州也拱手相送，

變成了蜀王盤踞的戰略城邑。

你總感覺到自己流年的不幸，

感覺到亡國的一刻已經不遠；

你是那樣無能為力以及傷心，

那樣不願與這同宗[2]正面相見。

命運彷彿是一個瞎眼的養娘，

你越是不幸就越不給你希望。

1　地處成都平原的開明氏蜀
　　國，與巴國邊境相連，蜀國
　　早期在蜀王的治理下進行改
　　革，於戰國時期，國力已經
　　達到鼎盛，公元前三七七年
　　蜀國出兵伐巴，稱巴蜀之戰。

2　蜀國是早期魚鳧巴人順延長
　　江逆流而上，在嘉陵江地區
　　建立的又一個國家，即蜀
　　國，與巴國是同宗。

〔61〕

蜀王侵楚

當蜀國在占領你的國土之後，
他悍然的馬蹄突破各道邊防，
以猝不及防索命勾魂的勢頭，
攻破了遙遙的楚都重鎮茲方[1]。
那強楚怎能甘心讓蜀國侵占，
給自己留下語無倫次的傷害；
所以最終結局遠非蜀王所願，
在遭受重創之後悄然地離開。
但是，不論他們取得何等勝利，
在順從的日子，你緊聚的目光，
已經看到了自己軟弱的淚滴，
慢慢浸潤於那片淪陷的地方。
而你那一直沉重喘息的苦累，
將是你從不知道的詩的結尾。

---

1   今湖北省松滋縣。

62

巴地蜀居

你巴國日漸稀少的梁山城寨，
如曠日持久不願觸及的因由；
你總在內心感到糾結和無奈，
就像身體上經久不癒的傷口。
那蜀國在伐楚之戰中的失利，
成了你重蹈覆轍的隱秘苦痛；
後撤至渝東長期占據的巴地，
居於你徹底淪傷，難眠的眼中。
這些你垂首田野無聊的時光，
宛如是舊年波折綿延的竹簡，
鋪墊到你胸口能抵達的地方，
裝裹成一道無法復返的感嘆。
失去擁有在日夜所思的心頭，
他們即不願靠近也不會遠走。

〔 63 〕

巴國禍亂

世界上有兩種人會讓人痛恨，
他們抽刀取利的手從不發慌；
第一種是明火執仗坐地分成，
第二種是趁火打劫防不勝防。
其實這瘋狂舉止無限的誇大，
勝過善良與真誠重合的威力；
就像你在遭受蜀楚侵占當下，
你內臟已經養成毒瘤與惡習。
他們會在你體內製造出禍亂，
讓原本疲憊不堪心憂的生活，
趨向於一道內憂外患的深淵，
開啟他們那津津樂道的王國。
所以你就像一道發炎的傷痕，
越是痛楚的地方越容易弄疼。

〔64〕

請師於楚

當你巴蔓子痛心疾首的白晝，
墜落於一場日漸泛黃的深淵；
當風雨綢繆，淚水淤積在胸口，
宛如你堅挺身軀無言的山川。
你自願放下你的地位和自尊，
去建築你無畏的死亡及腐朽；
帶著那敢為人先的年華青春，
前往楚國書寫你大義的春秋。
這樣，你上演了一場請師於楚，
救巴國於水火中的歷史大片；
你無奈承諾的三處城池疆土，
在心中就是難以兌現的諾言。
你知道生命於你已顯得奢華，
救國強國才是你最終的想法。

65

助巴平亂

人人都這樣想，一切締結根源，

沒有什麼比這利益更為重要；

即便昔日宿敵也會放下舊怨，

以此去發現更為有利的前兆。

那樣，巴蔓子自願作為了人質，

楚國就輕而易舉地揮師渝東，

為巴收復了被蜀占領的土地，

用武力平叛禍亂剷除了異宗。

但是，當貪婪的眼球對你鍾情，

就無法逃離，肆無忌憚的摧殘；

而你為這欲墜的殿宇及心靈；

唯一的就是拿起盾牌和銅劍。

當然，沒有誰去想悲憫的結局，

關乎於生死存亡的來來去去。

66

蔓子之列

你六十年的那些功名和利祿，
在你眼中猶如一場過眼雲煙；
而關於國家完好如初的領土，
才是你期望保存的最終心願。
當楚王咄咄逼視的索要目光，
讓你交出曾許諾的城池山嶺，
你毅然的拔出佩劍面對楚王，
獻出智慧的頭顱和愛國忠心。
其實這場交易你比誰都清楚，
縱然交出三座城池甚至更多，
也無法填滿密佈慾望的深谷，
惟以自刎明志才能保全巴國。
但是你那場一廂情願的死亡，
哪裡能軟化圖謀多年的心腸。

昌明文庫·悅讀中國　A0607020

巴國神曲　上冊

作　者	諾源	
版權策畫	李煥芹	
責任編輯	呂玉姍	
發 行 人	陳滿銘	
總 經 理	梁錦興	
總 編 輯	陳滿銘	
副總編輯	張晏瑞	
編 輯 所	萬卷樓圖書股份有限公司	
排　版	菩薩蠻數位文化有限公司	
印　刷	維中科技有限公司	
封面設計	菩薩蠻數位文化有限公司	

出　版　昌明文化有限公司

桃園市龜山區中原街 32 號

電話 (02)23216565

發　行　萬卷樓圖書股份有限公司

臺北市羅斯福路二段 41 號 6 樓之 3

電話 (02)23216565

傳真 (02)23218698

電郵 SERVICE@WANJUAN.COM.TW

大陸經銷

廈門外圖臺灣書店有限公司

電郵 JKB188@188.COM

ISBN 978-986-496-497-0

2019 年 3 月初版

定價：新臺幣 300 元

如何購買本書：

1. 轉帳購書，請透過以下帳戶

合作金庫銀行 古亭分行

戶名：萬卷樓圖書股份有限公司

帳號：0877717092596

2. 網路購書，請透過萬卷樓網站

網址 WWW.WANJUAN.COM.TW

大量購書，請直接聯繫我們，將有專人為您

服務。客服：(02)23216565 分機 610

如有缺頁、破損或裝訂錯誤，請寄回更換

版權所有·翻印必究

Copyright©2019 by WanJuanLou Books CO., Ltd.

All Right Reserved　　　　Printed in Taiwan

國家圖書館出版品預行編目資料

巴國神曲　上冊 / 諾源著.-- 初版.-- 桃園
市：昌明文化出版；臺北市：萬卷樓發行,
2019.03

　冊；　公分

ISBN 978-986-496-497-0(上冊：平裝). --

851.487　　　　　　　　108003223